KB078451

레저렉션

Resurrection

레저렉션 7

10000LAB 현대 판타지 소설

초판 1쇄 찍은 날 § 2020년 2월 27일
초판 1쇄 펴낸 날 § 2020년 3월 5일

지은이 § 10000LAB
펴낸이 § 서경석

총괄팀장 § 노종아
편집책임 § 박현성
디자인 § 소소연

펴낸곳 § 도서출판 청어람
등록번호 § 제387-1999-000006호
등록일자 § 1999. 5. 31
어람번호 § 제1-3093호

주소 § 경기도 부천시 부일로 483번길 40 서경B/D 3F (우) 14640
전화 § 032-656-4452 팩스 § 032-656-4453
http://www.chungeoram.com
E-mail § chungeorambook@daum.net

© 10000LAB, 2019

ISBN 979-11-04-92164-3 04810
ISBN 979-11-04-92057-8 (세트)

도서출판 청어람
리저렉션
7 [완결]
Resurrection
10000LAB 현대 판타지 소설
ODERN FANTASTIC STORY

레저렉션
Resurrection

Contents

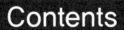

제1장

일본에서의 마지막 밤

　아사다 류타로는 자신 있게 말한 것처럼 병원장 앞에서도 당당하게 선언했다.

　"전 이도수 센터장을 따라가려 합니다."

　"자네, 미친 건가?"

　병원장은 기가 막혔다.

　이 또라이가 또다시 또라이 짓을 하려 한다.

　그러나 아사다 류타로는 눈 하나 깜짝하지 않았다.

　"제가 의사로서 가야 할 길을 이도수 센터장을 통해 보았습니다."

　"뭐?"

　점입가경이다.

　병원장은 입에 거품을 물며 말했다.

"이 자식이 반성하라고 했더니 자숙하는 시간도 안 가지고 또 미친 소리를 하네! 내가 닥터 리 대신 아사다 선생이 가야 할 길을 보여줄까? 엉? 보여줘?"

절레절레.

고개를 저은 아사다 류타로가 마치 권총을 꺼내는 것처럼 품 안에서 하얀색 봉투를 꺼내더니 날리듯 내밀었다.

"자!"

코앞에 멈춘 봉투를 빤히 내려다본 병원장이 물었다.

"뭐야?"

"사표입니다. 제 앞길을 막으신다면 저 역시 선택의 여지가 없다는 걸 알아주십시오."

"이런 미친놈……."

병원장은 졸도할 지경이었지만 간신히 정신을 붙잡았다. 가뜩이나 병원에 이 환자 저 환자 몰려들어 만원인데 자신까지 쓰러지면 병원 침대가 남아나겠는가?

"후우……."

심호흡을 하며 정신을 챙긴 병원장은 책상을 톡톡톡 두드렸다.

생각에 잠긴 끝에.

병원장이 감았던 눈을 뜨며 물었다.

"꼭 그렇게 해야만 직성이 풀리겠나?"

"그렇습니다."

"환자는 이곳에도 차고 넘친다."

"알고 있습니다."

"지금은 비상시국이야. 이런 때 병원을 비우겠다니. 병원 내 여론이 좋지 못할 거야."

"지금 차고 넘치는 환자들 중에는 흉부외과 환자가 드문 것으로 알고 있습니다. 그리고……."

"그리고?"

"각 병원에서 지원을 나온 덕분에 평소보다도 몇 배에 달하는 의료진이 상주해 있고요. 의사가 환자보다 많아서 라인 잡는 것도 서로 경쟁할 판입니다. 그리고……."

"또 뭐야?"

"더 떨어질 이미지도 없는 것 같은데요."

"하!"

병원장은 다시 한번 기가 막혔다.

이 자식과 대화만 했다 하면 혈압이 오른다.

그는 한시라도 빨리 이 대화를 마무리 짓고 싶었다.

"그래, 참 잘나셨구만. 아주 자랑이다, 자랑이야."

"솔직히 병원 측에는 미안할 때가 많습니다."

"그게 지금 병원 떠나겠다는 놈이 할 말이냐?"

"하지만 이 역시 제 매력이라고 생각합니다."

"……."

할 말을 잃은 병원장에게.

아사다 류타로가 덧붙였다.

"제 팀원들 역시 이런 저의 매력에 빠져서 함께하고 있는 거고요. 제가 현재 유능한 흉부외과 써전이 된 것도 이런 성향이 반영된 결과라고 봅니다. 전 어디든 가리지 않고 의사의 사명이 이끄는 곳으로 달려들기 때문이죠."

"…자화자찬하라고 한 얘긴 아니다만."

아사다 류타로가 고개를 숙였다.

"죄송합니다."

"어쭈."

병원장은 손을 휘휘 저으며 말했다.

"예의 바른 척 말고 얼른 나가라… 안 나가?"

"그럼……."

"알겠으니까 나가라고!"

"예, 그럼."

구십 도로 허리를 숙인 아사다 류타로는 몸을 돌려 로봇 걸음으로 병원장실을 나섰다.

그리고 문을 닫자마자, 주먹을 움켜쥐었다.

'됐쓰!'

병원장이 최대의 난관이었다.

하지만 그 난관을 적절한 유머와 담력으로 넘어선 지금은, 그 누구도 도수와 함께할 메디컬 라이프를 막을 수 없을 것이다.

"크흠!"

지나가며 흘깃거리는 간호사들을 의식한 아사다 류타로는 헛기침을 뱉으며 걸음을 옮겼다.

벌써부터 걸음에 흥이 실렸다.

*　　　　*　　　　*

호텔로 돌아간 도수는 귀국을 하루 앞두고 팀원들과 마주 앉았다.

"생각보다 일정이 많이 꼬였네요."

나유하가 말했다.

쓰나미 때문에 연수 일정을 앞당기면서 정작 연수 과정을 소화할 여유가 없었던 것이다.

그러나 도수는 이 부분을 긍정적으로 해석했다.

"그래도 일본의 여러 가지 의료시스템을 직접 눈으로 보고 배울 수 있는 기회였습니다."

"그건 그래요."

강미소였다.

"솔직히 놀랐어요. 재난경보가 터지자마자 너 나 할 것 없이 전국에서 의료진들이 모여드는 걸 보고 부러웠다고 할까……."

"저도요."

이하연도 동조했다.

"선진화된 시스템을 구축하고 있구나 싶었어요. 그런데도 대학 병원 내의 시스템은 한국과 별 차이가 없어서 아쉬운 점도 있지만, 우리가 바로 적용하긴 좋은 것 같아요."

"당장은 힘들 겁니다."

"그렇겠죠. 특히 재난 시 대응은 국가 차원의 전폭적인 지원이 있어야만 하는 거니까."

이하연은 못내 아쉬운지 입맛을 다셨지만 강미소는 좀 더 발전적인 의미로 해석했다.

"뭐, 그래도 어디 공식 석상이나 학회에서 일본의 시스템과 비교해 얘기할 수 있다는 것만으로 충분한 성과라고 봐요. 우리나라 사람들 일본한테 지는 건 끔찍하게 싫어하니까."

"지면 안 되죠."

빙그레 웃은 도수가 말을 이었다.

"이렇게 여러분을 한자리에 모은 것은 돌아가기 전날 식사라도 한 끼 하자는 의미도 있지만, 향후 우리 팀이 움직일 방향을 말씀드리기 위한 목적도 있습니다."

다들 바짝 집중했다.

도수가 움직일 땐 언제나 가시밭길을 앞두고 있었기 때문이다. 평범한 길을 놔두고 비범한 길을 간다. 그럼에도 지쳐서 떨어져 나가지 못하게 만드는 뭔가가 있었다.

이내 팀원들을 차례로 훑은 도수가 말을 이었다.

"병원에 돌아가면 평소처럼 생활하게 될 겁니다. 환자를 받거나 출동 나가고, 환자가 들어오면 수술하고, 건강해질 때까지 돌보겠죠."

여기까진 평범하다.

그러나 역시, 도수는 생각지도 못한 본론을 꺼냈다.

"하지만 저는 또다시 자리를 비워야 할지도 모릅니다."

"왜요?"

"어디 가시는데요?"

당장에라도 따라갈 기세.

나유하는 병원 소속이 아니었기에 입을 다물고 있었지만, 아쉬운 기색이 역력했다.

그 고생을 하고도 다들 도수를 따르고 싶어했다.

조금쯤 가슴에 울림을 느낀 도수가 미소 지으며 대답했다.

"아시는 분은 아시겠지만 제 환자 중에 엄승진 환자라고 있습니다."

"심장 수술 받은 환자요?"

"CIA인가 FBI인가 그 사람 맞죠?"

도수가 고개를 끄덕였다.

"맞아요."

"그러고 보니 그 환자 어느 정도 회복한 것 같던데 왜 퇴원을 안 시키시는지……."

간호사로서 환자들을 퇴원할 때까지 케어하는 이하연이 묻자 도수가 답했다.

"겉으론 괜찮아 보이겠지만 여전히 위험 요소가 남아 있습니다. 그 환자를 완치시키기 위해선 문제를 추적해야 돼요. 아직 뭐가 문제인지 정확히 모르는 상황입니다."

"뭐가 문제인지도 모르는 상황에서 어떻게 추적을 해요?"

강미소의 물음에 도수가 말했다.

"윤곽 정도는 나온 상태입니다. 정확한 문제점을 파악하려면 미국에 가야 하지 않을까 합니다."

"미국이요?"

다들 동시에 물었다.

일본에서 돌아가자마자 또 미국에 간다니.

뭐 이렇게 바쁜 의사가 있나 싶었다.

그러나 하루 이틀 일이 아니었기에, 금방 침착해진 강미소가 모두를 대표해서 질문했다.

"미국 어디로 가세요? 정확히 어떤 일을 하실 생각이신지도 말씀해 주세요."

"엘 파소로 갑니다. 미국과 멕시코의 국경 인근에 있는 병원이에요. 그곳에 유능한 병리학 박사가 있습니다. 엄승진 환자의 예후를 보고하고 그에 대한 연구를 의뢰할 참입니다."

"그럼 의뢰만 하고 오시는 건가요?"

"그건 가봐야 확실해질 것 같고요."

도수가 말을 이었다.

"아직은 엄승진 환자의 문제점을 확실히 파악할 수 있을지, 얼마나 시간이 걸릴지도 알 수 없는 실정입니다."

"그런 거면 직접 가실 필요가 없지 않을까요? 메일도 있고 전화도 있고."

"엘 파소 병원과 우리 병원은 협력관계죠. 메일이나 전화로 요청하는 것보단 환자를 직접 겪은 제가 가서 돕는 편이 빠른 결과를 기대할 수 있을 겁니다. 그리고 또 한 가지. 미국에 엄승진 환자와 굉장히 비슷한 케이스의 환자가 있습니다. 엄승진 환자와 같은 증상으로 같은 약을 복용했던 환자죠. 그 환자를 치료해 주기로 환자 보호자와 약속을 했습니다. 이 환자를 치료하면서 완치법에 대한 또 다른 정보를 얻을 수도 있을 거에요."

도수는 일부러 B&W에 대한 내용을 제외시켰다.

그러나 누구도 B&W에 대해 묻진 않았다.

그들이 궁금한 것은 도수지 B&W가 아니었기 때문이다.

"음… 팀원들은 선발 안 하시나요?"

강미소가 묻자 도수가 답했다.

"그 부분은 이사장님과 상의를 해봐야 할 것 같습니다. 이건 어디까지나 제 환자 건으로 진행하는 부분이니까요."

"알겠어요. 얘기 되시면 말씀해 주세요."

그때, 나유하가 대뜸 물었다.

"TV에서 인터뷰를 봤어요. 확장성 심근병증 환자들한테 천하대로 문의하면 직접 수술해 주겠다고 약속하셨잖아요?"

"그렇습니다."

"이런 상황에서 엘 파소로 가시면 차질이 생기는 것 아닌가요?"

"확장성 심근병증 환자는 미국에 더 많습니다. 게다가……."

결국 B&W에 대한 이야기를 꺼낼 수밖에 없는 상황이 된 도수가 천천히 말을 이었다.

"기존 확장성 심근병증 환자들 중 B&W의 심장 성형제를 복용한 환자들도 다수 있을 겁니다. 엄승진 환자의 심장에 생긴 문제. 그 원인을 확실히 찾아내지 못한다면 심장 성형술을 한다 하더라도 일차적인 치료에 머물 뿐이에요. 엘 파소로 향하는 것은 다른 확장성 심근병증 환자들에 대한 치료 목적도 포함된 것입니다."

"아……."

나유하는 고개를 끄덕였다. 그러나 뭔가 아쉬운지, 한마디를 덧붙였다.

"혹시 지난번처럼 제 도움이 필요한 게 있으시면… 그러니까,

뭐 혹시라도 그런 일 있으면 말씀해 주세요."

그녀는 부끄러운지 얼굴이 빨개져서 괜히 다른 곳을 쳐다봤다.

그러면서도 할 말은 다 한다.

피식 웃은 도수가 대답했다.

"그러죠."

그는 거절하지 않았다.

B&W란 대기업을 상대하는 일이다.

문제의 약에 대해서도 철저한 울타리를 쳐뒀을 터.

앞길이 잘 안 보이는 상황이었기에 의지할 등대가 하나라도 더 있으면 반가울 따름이다. 언제 도움을 청할 일이 생겨도 이상하지 않다는 것이다.

잠시 무거워진 분위기를 전환하듯 이하연이 불쑥 물었다.

"그런데 총리님께는 말씀드렸어요? 그냥 가신다고."

피식.

다들 웃음이 새어 나왔다.

한 나라 총리의 초대를 거절할 수 있는 의사는 도수밖에 없을 테니까.

고개를 끄덕인 도수가 말했다.

"밥 먹고 싶으면 한국 한번 오시라고 했습니다."

"푸흐흐."

"헐."

"뭐라고요?"

세 여자의 반응을 즐긴 도수가 고개를 저었다.

"…그랬을 리가 없잖아요. 제가 아무리 막무가내라도 생각은 있다고요. 그쪽에서 그러더군요. 나중에 한국 갈 일 있으면 밥 한 끼 하자고."

"엥? 센터장님은 뭐라고 하셨던 건데요?"

"환자 관련해서 급히 서둘러야 한다고 했죠, 뭐."

"아……."

"의외로 너무 평범한 대답에 실망하실까 봐 농담 좀 한 겁니다."

"하하하."

어색한 웃음을 짓는 여자들.

그녀들은 자기도 모르게 은근히 기대하고 있었던 것이다.

어느 정도 전할 소식을 모두 전하고 장내 분위기도 정리되자.

도수는 창밖을 응시하며 입을 열었다.

"일본에서 보내는 마지막 날 밤인데 저녁은 나가서 먹는 걸로 하죠."

재난이 덮친 마당에 희희낙락하며 술을 마시거나 할 수는 없었지만, 다들 밥 정도는 제대로 된 일식을 즐기고 싶었다. 그동안 동일본병원에서 먹고 자고 하며 환자들을 보느라 정작 한국과 전혀 다르지 않은 시간을 보냈던 것이다. 음식도 인스턴트나 컵라면으로 대충 때웠고.

도수는 B&W나 심장 성형제와 관련해 심경이 복잡한 와중에도 팀원들의 이러한 마음이 신경 쓰였다.

'…나도 많이 변했어.'

도수 스스로도 느껴질 만큼 많은 변화였다. 이는 사는 지역이나 환경이 바뀌어서가 아닌, 믿음직한 팀원들을 만난 덕분이었다.

제2장
변화

일본에서 여러 가지 일을 겪은 도수는 근 보름 만에 한국으로
돌아왔다.

일본 총리와의 식사 자리에 팀원들을 보내놓고 자신만 귀국
한 상황.

병원에 있는 환자들 생각 외에 별생각을 하지 않고 있던 도수
는 공항에 도착한 시점부터 자신이 떠나기 전과 현재의 상황이
크게 바뀌었음을 느낄 수 있었다.

어떻게 소식을 전해 들었는지, 입국장으로 수많은 기자들이
몰려들어 있었던 것이다.

"이도수 센터장님, 일본에서도 수많은 사람들을 구하셨는데
요. 지금 소감이 어떠십니까?"

"일본에서 쓰나미에 휩쓸렸었다는 소문이 정말인가요?"

"제약 회사 B&W에 대한 견해 한 말씀만 부탁드립니다!"

도수는 할 말을 잃었다.

'…매디 보웬의 말이 현실이 될 줄이야.'

선뜻 대답이 떠오르지 않았다.

한마디만 잘못 놀려도 고스란히 방송을 탈 것임을 알고 있기에 노코멘트로 일관했다.

"현대판 영웅에 대한 국민들의 관심이 뜨겁습니다!"

"어떤 사람들은 자기 몸을 돌보지 않고 환자들을 치료하는 센터장님의 모습을 보고 이순신 장군에 비유하기도 하는데요. 잠은 좀 주무십니까?"

천하대병원에서 요청을 했는지 보안 요원들이 주변에 배치되어 있었지만 좀처럼 길이 열리질 않았다.

결국 도수는 걸음을 멈췄다.

그리고는 기자들이 던지는 각양각색의 질문에 대한 대답을 한마디로 대신했다.

"저는 할 일을 했을 뿐입니다."

조금 피곤했다.

이런 것까지 신경을 써야 하는 걸까?

진심으로 할 일만 하고 싶었다.

그의 꿈은 한 사람이라도 더 치료하는 것이지, 정치인이나 연예인이 아니었으니까.

"저 말고도 수많은 의사분들이 같은 일을 하고 계십니다. 이런 관심은 조금 불편합니다. 제 일에도 방해가 되고요. 그 점을 조금만 양해해 주십사 합니다."

최대한 공손히 한 말이지만 누군가는 '싸가지 없다'고 생각할 수도 있는 태도였다.

그러나 도수는 이렇게 시달릴 바에야 차라리 그 편이 나을 수도 있겠다고 여겼다.

오늘 이 한마디 때문에 환자가 자신을 안 찾진 않을 테니까.

진을 친 기자들의 정글을 헤쳐 나온 도수는 차에 타고 문을 닫았다.

타악.

밖에선 카메라 플래시가 번쩍이고 있었다.

천하대병원 이사장이 보낸 운전기사가 말했다.

"출발하겠습니다."

"예."

부르르릉.

고급 세단이 부드러운 배기음과 함께 병원으로 움직였다.

잠시 후 어느 정도 여파가 가라앉자 도수는 지그시 눈을 감았다.

그때, 운전기사가 룸미러로 그를 보며 말했다.

"제 딸이 팬인데… 이따 사진 한 장 부탁드려도 되겠습니까?"

도수는 놀란 눈을 떴다. 지금 운전석에 앉은 사람은 다름 아닌 이사장의 운전기사였다. 그 전에도 도수를 몇 차례 봐왔는데 이런 적극적인 공세를 펼친 적은 한 번도 없었다.

"아니, 왜……."

"아아."

운전기사가 빙긋 웃으며 말했다.

"일본에 있으시느라 한국 소식을 잘 모르시겠군요. 그쪽은 재난이 벌어진 지 얼마 안 돼서 인터넷이나 소식도 느리죠?"

"예, 뭐."

"공항에서부터 느껴지셨겠지만 한국에선 난리가 났습니다. 안 그래도 영웅적인 행동으로 주목받던 분이 일본에서까지 영웅이 되셨으니 애국심과 대리만족을 느끼는 거지요."

"아……."

"하루가 멀다 하고 정치권에서도 계속 연락이 오는 것 같습니다."

"전 관심이 없는데."

"예, 그래서 더 주목받으시는 거지요. 정치권에서든 국민들한테서든. 부와 권력에 초연한 사람은 많지 않잖습니까?"

"그렇군요."

"그뿐입니까? 정치권에선 한국과 일본 간의 여러 국제 문제 해결에 나서주십사 하고 김칫국을 마시고 있습니다."

도수는 괜찮아지려던 머리가 지끈거리는 것을 느꼈다.

"이번 일과 국제 문제는 무관합니다."

"그렇겠죠."

"의사가 환자들이 있는 곳으로 갔을 뿐입니다."

"센터장님은 그런 생각이셨겠지만 어떤 사람들이 보기에는 우리나라가 일본한테 도움을 준 것처럼 보여졌나 봅니다."

아주 틀린 말은 아니었지만 그렇다고 맞는 말도 아니었다.

도수는 의사지, 대사가 아니었으니까.

"……."

그러나 그는 더 이상 대꾸하지 않았다. 이 일과 무관한 이에게 구구절절 설명하고 설득해 봐야 아무런 의미가 없기 때문이다.

'역시 언론은 굳이 가까이 해서 좋을 게 없어.'

애초부터 언론과 엮이려고 엮인 것이 아니었다. 그는 언론을 이용하는 것은 양날의 칼이라고 여겼다. 이번 일만 봐도 그랬다. 생활에까지 방해받을 정도로 관심이 집중되면 일하는 데 방해는 방해대로 될 테고, 그렇다고 아주 무시하면 무시하는 대로 구설수에 오를 것이다.

이렇게 정치권에서 터치가 들어오면 그것 자체만으로도 입당을 준비하고 있다느니 한국 대표로 일본과의 정세에 관여할 것이라는 둥 괜한 소문이 나돌 수 있고.

'신경 쓰지 않는 것도 한계가 있을 테고.'

둘 중 하나였다.

괜히 쓸데없는 루머들이 나오기 전에 입장 표명을 확실히 해서 여론을 정리하든.

그게 아니면 한국을 떠나든.

일단은 한국을 떠나 엘 파소로 가려는 계획이 있었기 때문에 더 이상 개입하지 않는 편이 속편했다.

이런저런 생각을 하는 사이.

그가 탄 차량이 병원 앞에 멈춰 섰다.

"사진 한 장만……."

운전기사의 말에 고개를 끄덕인 도수가 상체를 앞으로 내밀었다.

그러자.

찰칵!

사진을 찍은 운전기사가 고개를 꾸벅 숙였다.

"감사합니다. 꼭 우리 딸한테 보여줘야겠습니다. 하하하."

"포토샵은 필수인 거 아시죠?"

"예?"

"……"

"……"

몹쓸 개그를 친 도수는 말없이 차에서 내렸다. 사람들과 어울리는 데 익숙해졌다는 것이 좋게 변한 점이라면, 이런 부작용도 있었다. 어떤 약도 듣지 않는 난치성 부작용이.

"크흠."

헛기침을 뱉은 도수는 병원 안으로 들어갔다. 그를 발견한 병원 사람들이 반가운 표정으로 인사를 건넸다.

"센터장님."

"센터장님, 소문 들었습니다."

"어서 오세요!"

"사랑합니다."

뜨거운 환영 열기.

심지어 주변에 앉아 있던 환자들도 엄지를 추켜세우며 그를 반겨주었다.

'…나쁘지만은 않군.'

기분이 썩 좋았다.

돌아올 곳이 있다는 것이.

돌아올 곳에서 환영받는다는 자체만으로도 뭉클했다.

다시 돌아온 병원은 떠나기 전과 조금도 바뀌지 않은 모습 그대로였지만 도수의 감회는 남달랐다.

'내 집보다 익숙했던 곳인데.'

왜 이렇게 낯선 느낌이 드는 걸까?

물론 도수는 알고 있었다.

이것도 잠깐일 거라는 것을. 병원 생활은 이런 감회를 오래 즐길 만큼 여유롭지 못하다.

잠시 후 이사장실로 들어간 도수는 오랜만에 할아버지를 마주할 수 있었다.

"왔니?"

이사장은 미소 지었다.

도수가 자리로 가서 앉으며 대답했다.

"예. 잘 지내셨어요?"

"……"

빤히 도수를 응시하던 이사장이 말했다.

"걱정했다. 나중에서야 네가 실종될 뻔했다는 소식을 듣고, 살아남은 것에 얼마나 감사했는지 모른다."

"구출 과정에서 생긴 일입니다. 이 정도는 감수하고 갔던 거니까요."

"난 감수하지 못했다."

이사장의 얼굴에 그늘이 졌다.

"내가 네 엄마를 잃고 나서 죽도록 후회한 일은 그 애가 하고자 하는 일을 강제로 막으려 한 것이다."

"……."

"그보다 더 후회가 됐던 것이 뭔지 아느냐?"

"아뇨."

"네 엄마를 먼저 보낸 것이다. 앞으론 절대 그런 일을 반복하지 않아. 그런데 난 이번에 널 잃을 뻔했다. 위험하다는 것을 알면서도… 너를 막지 않았어."

"할아버지."

도수가 이사장을 부르자, 그 말투에 반응한 이사장이 중얼거렸다.

"…많이 변한 것 같구나."

"조금요."

도수는 할 말을 이었다.

"전 매일 출동을 나가요. 앞으로도 그러겠죠."

"……."

"그때마다 죽을 수도 있다는 생각을 해야 할 거예요."

"그렇겠지."

"할아버지는 그것까지 막으실 건가요?"

이사장은 침묵했다.

어쩌면, 출동마저 못 하게 막을 각오까지 하고 있던 참인가 보다.

그러나 도수는 그 마음에 동조할 수 없었다.

"전 의사입니다. 환자가 있는 곳이면 어디든 가요. 목숨을 걸더라도… 그게 아니면 저는 살아가는 의미가 없습니다."

"왜 그렇게까지 집착하는 거냐?"

이사장은 물을 수밖에 없었다.

도수가 보이는 환자에 대한 집착은 일반적인 범주를 넘어서고 있었다.

근무량도 근무량이지만 매번 의료 행위에 임하는 태도가 그랬다.

뒤가 없는 사람처럼, 어떤 도의적 책임이나 법적인 책임도 두려워하지 않고 할 수 있는 모든 수단과 방법을 동원해 눈앞의 환자를 살리는 것에만 집중했던 것이다.

이전까진 이런 면모를 보며 장점이라 여겼다. 이런 면이 있기 때문에 그간 많은 환자들을 살려낸 거라고 생각했다.

그러나 지금은 처음으로 도수의 이런 부분이 위험하게 느껴지고 있었다. 그 발단은 일본에서 쓰나미에 휩쓸려서 죽을 뻔했다는 소식을 들은 후부터였다.

그 같은 감정이 고스란히 실린 질문에.

도수가 대답했다.

"언제부터였는지는 정확히 모르겠어요. 아무것도 못 한 채 부모님의 죽음을 목격해야 했을 때, 라크리마에서 가족처럼 지내던 사람들이 픽픽 죽어나갔을 때, 혹은 제 손으로 죽을 뻔한 사람들을 살려내면서… 언제인지는 정확하지 않지만."

잠시 숨을 고른 도수가 말을 이었다.

"그게 제 모든 것이 됐습니다."

철렁.

이사장은 왠지 이 순간 기쁘거나 슬프기보단 심장이 내려앉았다. 같은 표정을 도수의 부모에게서 본 적이 있었던 것이다.

"기어코… 피는 속일 수 없는 겐가."

나지막이 읊조린 이사장이 눈을 질끈 감았다 뜨며 말했다.

"네 인생이다. 난 네 길을 막아서는 사람이 되면 안 되겠지. 하지만 할아버지로서 부탁 하나만 하마."

"예."

"네가 살릴 목숨보다 네 목숨을 먼저 생각했으면 한다. 모든 상황에서."

"노력하겠습니다."

그런 건 생각한다고 되는 것이 아니다. 그러나 도수는 '노력한다'는 말로 다짐했다. 지금 이 순간만큼은 할아버지의 걱정에 부응하는 것이 맞다. 다짐 정도는 할 수 있지 않은가.

이사장 역시 도수가 자신의 말대로 움직이리라고 여기진 않았지만, 더 이상 그를 억제하려 하지 않았다. 도수에게 조심하겠다는 대답을 듣는 것만이 그를 말리지 않을 유일한 핑계였으니까.

억지로 미소를 띤 이사장이 화제를 돌렸다.

"그래, 이제 앞으로 뭘 할 생각이냐?"

"엘 파소로 갈 생각입니다."

"……!"

이사장의 표정이 흠칫 떨렸다.

"방금 전에 조심하라고 일렀거늘……."

"엘 파소로 가는 것뿐입니다."

"엘 파소가 어떤 곳인지는 알고 하는 말이냐?"

"멕시코와 미국의 접경지역이죠."

"경찰과 마약범들의 총격전이 끊이질 않는 곳이다."

"병원 안에서까지 총격전이 벌어지진 않습니다."

"그건 그렇지만……!"

"할아버지."

도수가 말을 이었다.

"뭘 걱정하시는지 알고 있어요. 하지만 전 엘 파소 병원으로 가는 것이지, 국경으로 가는 게 아닙니다. 의사로 가는 것이지 경찰로 가는 것도 아니고요. 그러니 너무 심려치 않으셔도 돼요. 제가 엘 파소로 가는 것도 환자 치료가 목적입니다."

"환자 치료?"

"엄승진 환자라고, B&W의 심장 성형제를 복용한 환자가 있습니다. 심장 성형제를 복용한 다른 확장성 심근병증 환자들도 그곳에서 만나볼 생각입니다."

"그들은 왜?"

"엄승진 환자에 대해 들으셔서 아시겠지만 B&W의 심장 성형제는 심각한 부작용이 의심됩니다."

"그러한 의혹은 들어서 알고 있다. 내가 묻는 것은 어째서 엘 파소까지 가서 그 환자들을 치료하냐는 게야. 그곳에 뭐가 있기에."

도수가 대답했다.

"우연인지 다른 이유가 또 있는지 모르겠지만 우리 병원과 협력관계에 있는 엘 파소 병원. 그곳에 예전 B&W에서 탐내던 병리학 박사가 연구를 진행하고 있습니다. B&W에서 중책을 맡고 있던 마이크 휴잇의 말로는 그가 심장 성형제의 주요 성분을 밝혀내는 데 도움을 줄 수 있을 거라더군요."

"B&W……!"

침음을 삼킨 이사장이 말했다.

"다른 건 다 좋다. 네가 환자들을 치료하는 것도, 굳이 그들을 구출하러 직접 뛰어드는 것도… 이해할 수 있다. 하지만 B&W와는 얽히지 않았으면 좋겠구나."

도수는 그 내용에서 짐작할 수 있었다. 할아버지가 자신이 알고 있는 것보다 더 많은 진실에 근접해 있음을. 왜 B&W를 가까이 두냐는 말에 '적일수록 가까이 두겠다'는 대답을 내놓았던 할아버지다.

그를 빤히 응시하던 도수가 귀신같은 추리력을 발휘하며 눈을 빛냈다.

"제가 엘 파소로 가는 것은 B&W가 아닌 환자들 때문이지만, B&W 입장에선 심장 성형제를 방해하는 암초입니다. 제가 하고 싶어서가 아니라 운명이 이끄는 일이에요. 막는다고 될 일이 아닙니다. 만약 B&W와 관련해 안배해 두신 것들이 있다면 제게 힘을 실어주세요."

제3장

짐승들의 도시

"여긴 뭐죠? 설마 우리 숙소는 아니겠죠?"

아사다 류타로가 입을 쩍 벌리고 물었다.

강미소 역시 놀란 표정이었다.

"우리 특급 패키지나 이런 걸로 온 게 아닌데."

그러자 빙그레 웃은 이근육이 말했다.

"경호를 맡게 된 후 미국 연수를 계획하는 천하대병원과 계속 연락을 주고받았습니다. 그러던 중 오성그룹에서 후원을 했고, 보시다시피 이런 숙소가 마련된 겁니다."

도수는 이번 연수 계획을 최종 검토한 장본인이기에 그리 놀라지 않았다.

"생각보다 사이즈가 크네요."

그것으로 끝이었다.

대신 주위를 둘러보며 말했다.

"경호 인력이 생각보다 많이 배치된 것 같은데."

"맞습니다."

고개를 주억거린 이근육이 말을 이었다.

"우려하실 만한 일이 발생하지 않도록 예산 내에서 신경 좀 쓴 것이니 긴장하실 필요 없습니다. 저와 함께 군 생활을 했던 친구들이라 믿을 만합니다."

도수는 고개를 끄덕였다.

조심해서 나쁠 것은 없었다.

미국은 대통령인 케네디도 암살된 나라니까.

B&W 정도 되는 세계적인 제약 회사와 적을 진 이상 안전에 신경 쓰는 것은 당연했다.

저택에 짐을 푼 뒤, 도수가 인원들을 불러놓고 말했다.

"우린 바로 병원으로 이동할 겁니다."

이근육이 말했다.

"경호 인력이 같이 움직일 겁니다."

도수는 거부하지 않았다.

"소란 떨어서 좋을 건 없으니 최소 인력만 함께 움직이죠."

"예. 미리 준비해 뒀습니다. 저는 의료봉사 경력을 인정받아 병원 근무자로 등록했고, 몇몇 인원들은 청소부나 보안 요원으로 들어가 있습니다."

이근육은 경호 인력의 사진이 들어가 있는 문서를 넘기고 덧붙였다.

"보시다시피 모두 한국인입니다. 한국인이 아닌 누군가가 경호원을 사칭해 접근한다면 의심하시는 게 맞습니다. 밀착 경호는 의료 활동에 방해가 되지 않도록 할 생각이니 개의치 않으셔도 됩니다."

일사천리였다.

상황 설명이 끝나자 도수가 말했다.

"그럼 바로 출근하죠. 엘 파소 병원에 대한 브리핑은 가는 길에 해드리겠습니다."

인원들이 고개를 주억거리는 것을 끝으로, 그들은 대형 지프를 타고 병원으로 출발했다.

*　　　　　*　　　　　*

덜컹거리는 차 안에서 도수가 입을 뗐다.

"엘 파소 병원은 멕시코 후아레즈 병원과 결연관계입니다. 그렇다 해도 정말 응급한 환자들이나 고위 인사들을 헬기로 이송하는 것을 제외하면 국경을 사이에 둔 멕시코와는 다른 세상이라고 보시면 됩니다. 군사 주둔지가 많은 것 빼곤 미국의 다른 지역과 다를 게 없단 소리죠. 많이 긴장하셨겠지만 크게 위험한 지역은 아닙니다."

아사다 류타로가 피식 웃었다.

"카르텔 보스 은신처 같은 곳을 숙소로 잡아놓고 그런 말씀을 하시니 마구마구 믿음이 갑니다."

도수가 쓴웃음을 지었다.

"다음. 엘 파소 병원 체제에 말씀을 드리면 국내 병원과 좀 다릅니다. 먼저 외과는 '일반외과' 하나. 따로 분과가 없습니다."

"텍사스 내 모든 병원이 그런 건가요?"

"병원마다 조금씩 차이는 있는 걸로 알고 있습니다."

도수가 말을 이었다.

"물론 각자 전공하는 분야별로 수술이나 진료를 담당하긴 하지만 '일반외과'에 흉부외과, 신장외과, 정형외과, 신경외과를 포함한 모든 외과가 통합된 겁니다. 한국으로 치면 다른 과 수술에도 참여할 수가 있는 거죠. 집도의 실력만 되면 모든 과 수술을 해볼 수도 있는 거고."

그 말에 강미소는 신이 났다.

"이시원 선생이 알면 엄청 부러워하겠네요. 모든 수술을 해볼수 있다니… 그걸 알았으면 온다고 했을 텐데."

"그런 이유로 왔다면 실망했을 겁니다."

정말 오고 싶었다면 그 정도는 스스로 조사해 봤을 것이다. 만약 텍사스까지 와서 의료 활동을 하는 것에 망설일 이유가 있다면 오지 않는 것이 맞다. 이곳 생활에 불만이 생기면 한국이 그리워질 테니까.

도수는 설명을 계속했다.

"그 외에 실질적인 부분에서 엘 파소 병원이 어떤 문화가 있는지, 어떤 장단점이 있는지는 직접 겪어봐야 합니다. 제가 말씀드릴 수 있는 건 여기까지예요."

강미소가 고개를 끄덕였다.

"기대되네요. 미국은 어떨지."

"외과 시스템 자체는 한국이나 일본보다 자유분방한 것 같군요."

아사다 류타로가 흥미진진한 표정으로 거들었다.

그러나 두 사람과 달리 도수는 크게 기대하지 않았다. 기대가 크면 실망도 큰 법이기 때문이다. 한국의 대학병원도 라크리마보다 훨씬 상황이 나을 거라고 생각했지만 시설만 훌륭할 뿐 오히려 의료 활동을 하는 데 불편한 점이 더 많았다.

각자 다른 생각을 하는 그때.

차량이 엘 파소 병원 앞에 도착했다.

부지 규모는 천하대병원보다 넓은 반면 건물 규모는 훨씬 작았다.

고층도 아닌 데다 한눈에 봐도 지어진 지 오래된 건물들.

천하대병원의 뻔쩍뻔쩍한 대리석 건물들에 비하면 초라해 보일 지경이었다.

이런 곳이 텍사스 병원들 중 첫손가락에 꼽힌다는 것이 신기할 정도로.

"엄청 작네."

강미소가 중얼거렸다.

아사다 류타로는 예전에도 미국 병원의 시설을 접해볼 기회가 있었는지 찬찬히 설명해 주었다.

"쓸데없는 데 예산을 쓰지 않는 겁니다. 겉보기엔 이래도 수술실이나 의료기기들은 최고를 쓸 거예요. 헬기도 하루에 몇 번씩 뜨는 걸로 알고 있고요."

"실용적인 데 돈을 쓴다는 거네요."

"그런 걸로 알고 있습니다."

그들은 겉모습만큼이나 평범한 로비를 지나서 응급실로 갔다.

총을 맞은 환자들이 다섯이나 피를 흘리고 있었다.

한국에선 좀처럼 보기 힘든 케이스의 환자다.

도수는 일행을 대표해 차트를 확인하고 있는 의사에게 물었다.

"안녕하세요. 저희는 한국의 천하대학병원 소속 의사들입니다. 혹시 닥터 정을 만나려면 어디로 가야 하는지 알 수 있겠습니까?"

그러자 의사가 응급실 한쪽을 가리켰다.

"저기, 저분이 닥터 정입니다."

"감사합니다."

"천하대병원에서 왔다니 환영입니다. 닥터 정은 우리 병원에 없어서는 안 될 최고의 써전이에요. 안 그래도 인력이 달리던 참이었는데 감사합니다."

밝은 사람이었다.

도수가 말했다.

"별말씀을. 또 뵙죠."

짧게 목례한 도수는 일행들을 데리고 닥터 정에게로 갔다.

정영구.

이사장의 아들이자 도수에게는 작은아버지 되는 사람이었다.

그는 평범한 외모를 가진 오십 대 아저씨였다. 짧은 머리를 뒤로 넘긴 깔끔한 인상을 상상했는데 까치집을 얹은 푸석한 헤어스타일에 지저분한 수염을 달고 있었다.

"누구?"

그가 묻자 도수가 대답했다.

"천하대병원 응급외상센터장 이도수입니다."

"아, 그 친구로군."

정영구가 고개를 끄덕였다.

"얘긴 많이 들었다. 큰아들에게도, 작은아들에게도, 아버지에게도."

그는 일행 눈치를 보곤 군이 가족관계를 털어놓지 않았다. 대신 고개를 까딱이며 말했다.

"이쪽으로 오지."

도수는 그를 쫓기 전, 그가 방금까지 치료하고 있던 환자를 확인했다.

샤아아아아아아.

투시력을 쓰자.

환자의 몸속이 한눈에 들어왔다.

자세히 훑어보니 뇌수술을 한 것 같았다.

수술 흔적만 봐도 솜씨를 유추할 수 있었다.

'듣던 대로……'

대단한 써전이다.

도수와 비교해도 크게 꿀릴 것이 없을 정도로 수술 흔적이 깔끔했다.

잠시 환자에게 시선을 뒀던 그는 천천히 걸음을 옮겼다.

연구실로 움직인 그들은 엉덩이를 붙이고 앉았다.

정영구가 한쪽에 나 있는 문을 보며 말했다.

"장난치지 말고 이리 나와라."

그러자 뜻밖의 사람이 등장했다.

"어?"

강미소가 놀라고.

도수 역시 눈을 치떴다.

"정영훈?"

"아이고 센터장님. 아무리 그래도 정영훈이 뭡니까?"

씨익 웃는 정영훈.

아사다 류타로는 돌아가는 상황을 몰라 멀뚱멀뚱 지켜보고 있었다.

도수가 입을 열었다.

"어떻게 온 겁니까?"

"이사장님께 허락을 맡았습니다. 우리 병원의 보석, 센터장님을 잘 보필하라는 특명도 받았고요."

"……."

정영훈이 아버지 정영구에게 말했다.

"아버지도 아실지 모르겠지만 여기 이도수 선생은 현재 천하대병원 외상외과, 흉부외과, 신경외과 통틀어서 가장 유능한 써전입니다."

정영구가 눈썹을 꿈틀거렸다.

"자중해라. 언행이 가벼운 건 여전하구나."

그가 그렇게 얘기한 것은 도수를 '천하대병원에서 가장 유능한 신경외과의'로 인정하지 못하기 때문이었다. 그는 장남 정영록이 가장 유능한 신경외과의라고 철석같이 믿고 있었다.

정영구는 이를 내색하지 않고 도수 일행을 바라봤다.

"이도수 선생이 책임자라고?"

"그렇습니다."

"응급외상센터장이라고 들었는데 흉부외과나 신경외과수술도 하는 건가?"

"예."

"미안하군. 이슈가 됐을 텐데 워낙 경황이 없어서 전혀 몰랐어. 다른 곳도 마찬가지겠지만 여긴 전쟁터다. 다른 세상이지."

"그런 것 같더군요."

도수는 응급실에서 봤던 환자들을 떠올렸다.

고개를 주억거린 정영구가 물었다.

"그럼 간담췌도 전공한 건가?"

"전공한 것은 아닙니다만 수술 경험은 다수 있습니다."

"간담췌 전공의도 아닌 사람한테 수술을 맡겨?"

"특수한 상황이었습니다."

"설명해 줄 수 있겠나?"

"병원에서 치료를 중단한 환자였고 환자가 제게 수술받기를 원했습니다. 이사장님께서는 제 경력을 인정해 주시고 수술을 맡기신 겁니다."

"흠."

정영구는 마음에 안 드는 표정이었지만 가타부타 말을 길게 하지 않았다.

대신 차트 하나를 휙 던졌다.

턱!

차트를 품에 안은 도수가 물었다.

"뭐죠?"

"실력 좀 보자."

정영구가 말을 이었다.

"차트 보면 알겠지만 췌장암 3기 환자다. 네가 해봐."

3기면 말기에 속한다.

쉽지 않은 수술을 너무 쉽게 맡긴 정영구가 덧붙였다.

"내가 수술하려던 환자야. 난 신경외과의지만 간담췌 파트를 함께 전공했다. 외상외과수술도 자주 하고 있지. 네가 내가 보는 앞에서 이 환자를 살린다면 나 역시 이사장님처럼 널 인정하고 의지하겠다."

"실패하거나 버벅거리면요?"

"보조로서도 실격이다. 돌아가면 된다."

거기까지 이야길 듣고 있던 정영훈이 못마땅한 얼굴로 끼어들 었다.

"아버지, 아무리 그래도 이건……"

정영구가 인상을 썼지만 정영훈은 멈추지 않았다.

"아버지는 이 녀석이 얼마나 대단한 실력을 가졌는지 모르고 하시는 말씀 같은데 센터장 부임한 지 며칠 만에 우리 병원을 발칵 뒤집어놓은 실력파라구요. 이 나이에 센터장으로 부임한 것도 말이 안 되는데 오자마자 콧대를 박살 내놨다니까요?"

"그 입……!"

정영구가 눈살을 찌푸렸다.

"너란 녀석은 한국에 있을 때나 지금이나 입만 놀릴 줄 알지. 한심하기 짝이 없다."

"그러니까, 저랑은 다르다고요. 뉴스도 안 보십니까?"

정영훈이 이를 악물고 대답했다.

그러나 정영구는 눈 하나 깜짝하지 않았다.

"내가 광대 같은 녀석 수술 영상이나 찾아볼 정도로 한가한 것 같으냐?"

"사람 면전에 대고 광대라니……!"

강미소가 흥분하는 그때.

도수가 차트에서 눈을 떼며 고개를 들었다.

"하죠. 수술."

"그래. 넌 좀 낫군. 그러니 리더겠지만."

정영구가 시계를 보고 말을 이었다.

"수술은 오후 여섯 시다. 세 시간 남았으니까 천천히 준비해도 될 거야."

"그러죠."

"나가봐라."

도수는 목례하고 연구실을 나섰다.

밖으로 나와 연구실 문을 닫은 강미소가 말했다.

"뭐 저런……."

말을 잇다 말고 입을 닫는다.

그래도 아버신네, 쫓아 나온 정영훈의 굳은 표정이 신경 쓰인 것이다.

그러나 뜻밖에도 비난은 정영훈의 입에서 나왔다.

"후, 그래도 오랜만에 보는 얼굴이라 좀 달라졌을 줄 알았는데… 여전히 형처럼 재수 없고 여전히 자기밖에 모르시네. 콩가루 집안이지?"

"그래도 정영훈 선생님은 정상……."

말을 멈춘 강미소가 정정했다.

"…그나마 정상과 가까우셔서 다행이에요."

"꼭 이런 상황에서조차 현실적이어야 하나?"

"위로는 거짓이면 안 되니까."

강미소가 멋쩍게 웃으며 말했다.

피식 웃은 정영훈이 고개를 저었다.

"이것 봐. 아무도 긴장하지 않는 거. 아들이 아버지 망신당하지 마시라고 충언을 올린 거구만 핀잔이나 듣고……."

이를 보던 도수가 말했다.

"차라리 잘됐습니다. 실력을 인정받을 기회가 빨리 오면 좋죠."

어차피 앞으로 부딪쳐야 할 난관이라면 여러 번 부딪치는 것보다 한 방에 크게 부딪쳐서 무너뜨리는 게 낫다. 매도 먼저 맞는 게 덜 피곤한 법이니까.

도수가 입을 열었다.

"수술 준비 합시다."

＊　　　　＊　　　　＊

45세 췌장암 3기 환자.

췌장암의 경우 재발률이 높아 예후가 좋지 않은 암이었다.

따라서 3기면 사망률도 높은데, 정영구는 나름대로 어려운 수술을 맡긴 것이다.

수술에 들어가는 건 이번 파견 인력 중 도수 한 명.

수술 어시스턴트 명단에 정영구의 이름이 등재되어 있는 걸 보니, 아마 도수가 실수를 하거나 수술에 막히는 구석이 있으면 직접 나설 생각인 것 같았다.

도수는 아로대병원에 있을 때부터 이런 상황이 익숙했기에 별다른 감흥이 들지 않았다.

단지 문화의 차이가 있을 뿐 어딜 가나 엘리트 사회는 대개 비슷할 수밖에 없으니까. 그들만의 자부심으로 똘똘 뭉친 채 규격 외의 불청객을 달가워하지 않는다.

같은 한국인 의사들도 그럴진대 미국인들 틈에서 생활할 땐 더하면 더했지, 덜하리라곤 기대하지 않았다.

그 모든 것들이 도수에게는 환자를 살리는 과정에서 얻는 하나의 성취감일 뿐이었다.

째깍, 째깍······.

다섯 시 삼십오 분.

도수는 수술실로 올라갔다.

"파이팅입니다, 우리 센터장님. 다 박살 내고 오세요!"

강미소가 주먹을 흔들었고.

정영훈 역시 머쓱하게 말했다.

"그래도 너한텐 외삼촌인데 너무 놀래켜서 심실세동(Ventricular Fbrillation: 심장의 박동에서 심실 각 부분이 무질서하게 불규칙적으로 수축하는 상태)까지 오게 하진 말고······."

도수는 피식 웃었다.

아직 근무를 시작하기 전이기에 두 사람 다 참관인으로 들어올 예정이었다.

집도의는 도수.

시차 부적응으로 인한 피로감이 전신을 짓누르는 가운데, 엘파소 병원에서의 첫 수술이 시작되려 하고 있었다.

*　　　　　*　　　　　*

도수는 소독을 마치고 수술실 안으로 들어갔다. 익숙한 공간, 익숙한 느낌.

"안녕하세요."

한국과 달리 영어로 인사하는 보조들.

오늘 처음으로 손을 섞게 될 정영구의 메디컬 팀이다.

"잘 부탁합니다."

도수가 손을 들자.

금발의 간호사가 수술 장갑을 착용시켜 줬다.

그녀는 아무 말도 안 했고, 도수도 아무 말도 묻지 않았지만 두 사람은 서로 느낄 수 있었다.

상호 간 신뢰감이 제로라는 것을.

"……."

이럴 때, 수술이 더 어려워진다.

하지만 원래 혼자 수술을 해왔고, 대학병원에 있을 때도 같은 과정을 거쳐야 했던 도수에게는 그리 특별한 일이 아니었다.

도수가 환자 우측으로 가서 선 그때.

수술실 문이 열리며 눈만 드러낸 정영구가 들어섰다.

"안녕하세요!"

수술 팀 의료진들의 눈빛이 달라졌다. 정확히 말하면 도수를 볼 때와 정영구를 대할 때의 차이였다. 그들이 정영구를 얼마나 신뢰하고 있는지 알 수 있는 대목이었다.

좋은 사람은 아닐지 몰라도, 든든한 써전은 맞는 것 같았다.

도수의 맞은편에 온 정영구가 입을 뗐다.

"수술 시작하지."

고개를 끄덕인 도수가 말했다.

"메스."

스으으으윽.

칼날이 환자의 검상돌기(Xiphoid Process: 칼돌기라고도 불리며 가슴뼈 아래쪽에 튀어나온 뼈. 명치 부위)부터 배꼽까지 죽 파고들었다. 그 뒤 배꼽 우측을 돌아 빠져 나왔다.

정중절개술(Median Incislon)이 발휘된 것이다.

그걸 본 정영구의 눈매가 미세하게 떨렸다. 단숨에 내리긋는 칼 솜씨만 봐도 알 수 있었다. 단순히 '여러 번' 수술했던 써전이 보일 수 있는 솜씨가 아니었다. 적어도 수백 번, 어쩌면 수천 번 수술한 써전만이 보일 수 있는 움직임.

'이게 무슨 조화지?'

정영구는 믿을 수 없었다.

고수는 고수를 알아보는 법.

그는 자기도 모르게, 도수의 일 획(一劃)만 보고도 긴장을 하고 있는 것이다.

'이런 어이없는……'

하지만 그건 시작에 불과했다.

도수가 빠르게 메스를 반납하며 말했다.

"보비."

그는 바꿔 든 전자 메스로 간원인대(Round Ligement: 태아순환의 흔적인 배꼽 정맥이 폐쇄되어 섬유 끈으로 변한 것) 우측에서 복막을 절개하며 말했다.

"개창기(Self—Retaining Retractor: 조직을 압박해서 수술 시야를 넓히는 기구) 들어갑니다."

옥토퍼스 개창기를 준비하고 있던 레지던트 두 명이 환자의 개복 부위를 넓혔다. 그들이 십이지장 수동(Kocher Maneuver: 십이지장까지 시야 확보가 되도록 개창기를 조작하는 작업)을 실시하는 사이 도수가 보비를 정영구에게 넘겼다.

그러자 정영구는 도수가 십이지장을 끌어당길 틈도 주지 않으려는 것처럼 빠른 속도로 보비를 움직였다.

바로 그때.

도수의 투시력이 발현됐다.

샤아아아아아아.

보비의 진행 속도.

그리고 십이지장을 견인하는 힘.

이 두 가지가 정확히 맞물릴수록 견인기 조작을 원활하게 할 수 있는 것.

그런데.

도수가 정영구의 지나치게 빠른 속도에 정확히 알맞은 힘으로

십이지장을 견인하는 게 아닌가?

그것도 문합근막을 복벽 측에 남기고 장측근막의 틈으로 박리하는 통상적인 층 분리 방법이 아니었다.

"……!"

도수는 뱀 같은 손기술로 근막을 절제 측에 붙여서 빼냈다.

"왜……."

"췌후면에 침윤이 의심됩니다."

"어떻게 확신하지?"

당연하다.

투시력을 쓰고 있으니까.

의심이 아닌 확정이다.

"미세하게 보였습니다."

"그걸 봤다고?"

좁은 절개부 시야.

그 사이로 침윤된 곳을 포착했다는 건, 예리해도 너무 예리했다.

"어떻게……."

"집중하시죠."

"……!"

근막을 빼내는 과정 하나에 수술 결과가 달라지진 않기에, 정영구는 열었던 입을 다시 닫았다.

도수가 잠시도 말할 틈을 주지 않고 수술을 진행한 것이다.

"보비."

턱.

다시 받은 그는 대망(Greater Omentum: 위의 아랫부분으로부터 전복벽의 안으로 쳐져 있는 넓은 막)과 횡행결정간막 사이를 잡아 들어 올린 후, 박리해결장(대망 끈) 부착부를 절제했다.

치이이이이익.

연기가 솟으며 십이지장과 횡행결장간막 사이의 유합근막이 물갈퀴 모양으로 남아 있는 게 보였다.

지금까지의 박리가 성공적이라는 의미다.

도수는 유합근막도 보비로 절제하기 시작했다

메스를 다루듯 정교한 움직임.

'빠르다.'

정영구는 오소소 닭살이 돋았다. 마치 인체 해부도를 클로즈 업해서 보며 평면에다 연습하는 느낌이다. 좁은 절개부를 통해 보이는 근육들을 마치 내비게이션을 보고 따라가듯 순식간에 박리하는 모습은, 그를 경악에 빠지게 했다.

'다섯 시간도 안 걸리겠어.'

이 속도로 끝까지 간다면, 그럴 것이다.

표준 수술 시간 여섯 시간.

그 같은 '췌두십이지장절제술'을 다섯 시간 만에 끝낸다는 건 도수가 최상급 실력을 가진 써전이란 방증이었다.

그가 놀라는 순간에도 수술은 줄기차게 진행되고 있었다.

도수가 말했다.

"클램프."

턱.

겸자를 받은 도수가 복잡하게 엉킨 장기와 근육들 사이로 보이는 부우결장 정맥을 절제하고 유합근막을 마저 절제했다.

상장간막정맥(Superior Mesenteric Vein: 장간막 내를 지나고 상행해 췌장의 두부 뒤쪽을 지나 문맥으로 유입되는 정맥)에 이를 때까지 근육을 잡아 빼내자, 가동화(Mobillization: 지방산이 혈액에 의해 수송되는 지질로 전환되는 것)된 췌두십이지장부가 눈에 들어왔다.

"잘됐군."

정영구는 자기도 모르게 감탄이 묻어나는 목소리로 말을 뱉었지만.

도수는 조금도 신경 쓰지 않고 한결같이 침착했다.

"이제 시작인데요."

그렇게 말하는 와중에도 그의 손은 움직이고 있었다. 십이지장수평부를 들어 올린 도수가 말했다.

"쿠퍼 가위."

서걱, 서걱.

십이지장 주위의 결합조직을 가위로 절제해 트라이츠 인대를 길게 늘어뜨린 도수는 다음 위결장정맥간을 클램프로 집고 절제했다.

서걱.

그러자.

마침내 절제해야 할 췌두십이지장부의 윤곽이 모습을 드러냈다.

췌두십이지장 절제로 종양이 모두 절제 가능할지 판단해야 할 순간이 온 것이다.

"이런……."

정영구의 눈살이 찌푸려졌다.

애매했기 때문이다.

다른 의료진들도 침음을 삼켰다.

"음……."

그들이 수술 전 생각했던 것보다 배 속의 상황은 비극적이었다. 이대로 췌두십이지장절제술을 강행했을 때 종양 부위가 완전히 절제되지 않는다면 안 하느니만 못한 헛수고가 되는 셈이다.

췌장암은 재발할 테고, 환자는 사망할 것이다.

하지만 도수는 이미 투시력으로 암의 침습부를 보고 있었다. 할리 무어 장군을 수술했을 때처럼, 아슬아슬하게 생존할 정도만 남기고 암을 절제할 수 있는 상태였다.

그러나 그는 알면서도 물었다.

"어떡하시겠습니까?"

주치의는 정영구다.

도수가 멋대로 결정해서 수술한다면 그는 반감을 갖고 배를 닫을지 몰랐다.

정영구의 입에서 '닫지'라는 말이 나온다면 어떻게든 설득해야겠지만, 일단은 그에게 지휘봉을 넘겨주었다.

아마 정영록이라면 자신의 경력을 위해 닫는 쪽을 선택하겠지만.

그래도 정영구는 환자의 생존에 대한 열정이 더 높았다.

"할 수 있겠나?"

"네."

"힘들 것 같으면 얘기하지. 내 생각보다 어려운 수술이 됐어. 실력은 잘 봤으니 부담 갖지 말고 멈춰도 좋아. 나머진 내가 해결하지."

"불안하시면 칼자루를 넘기겠습니다."

"'불안하면' 넘기겠다고?"

"네. 전 자신 있습니다."

도수는 굳이 환자에 대한 열정을 숨기지 않았다. 수술에 대한 야심도 고스란히 드러냈다.

이에 묘한 동질감을 느낀 것일까?

정영구는 고개를 끄덕였다.

"할 수 없다면 멈췄겠지. 그대로 진행하자고."

그는 어느새 도수의 열정에 동화됐다. 함께 수술을 한다는 건 남자끼리 목욕탕을 가거나 여자와 잠자리를 가진 것과 흡사했다. 적어도 정영구에게는 그렇듯 교감할 수 있는 매개체이기도 했다.

도수가 그저 그런 써전이었다면 교감하지 못했겠지만, 지금은 이미 교감을 넘어 어떠한 유대가 생긴 기분이었다.

물론 도수는 그렇지 않았다.

수술은 수술.

유대는 유대.

그가 대답했다.

"그럼 진행하겠습니다."

목적이 같으니 내외할 필요는 없었다.

스윽.

멈추었던 도수의 손이 다시 움직이기 시작했다.

"클램프, 메스."

"보비가 아니라?"

도수는 고개를 끄덕였다.

"수술 시간을 단축시키죠."

"출혈은?"

"비슷할 겁니다."

칼로 잘라내는 것과, 전기로 지지면서 지혈을 동반하는 보비를 쓰는 것과 출혈량이 비슷하다고?

정영구는 믿을 수 없었지만, 마냥 헛소리로 치부할 수도 없었다.

이미 믿기지 않는 속도를 두 눈으로 확인했기 때문이다.

"메스 줘."

그 지시에 간호사가 메스를 건넸다.

턱.

칼자루를 잡은 도수가 칼끝을 움직였다.

석, 서걱.

속도가 붙었다.

고무처럼 질긴 근육은 보비로 절제하는 편이 수월했으나 부드러운 장기는 메스가 더 빨랐다.

이론적으론 그렇다 쳐도.

말이 쉽지, 근육보다 훨씬 더 복잡한 혈관이 뒤엉킨 심부(深部)를 보비 대신 메스로 헤집었다간 자칫 환자 배 속이 피투성이가 될 수 있었다.

그러나 도수에게는 비장의 무기가 있었다.

놀라운 칼 솜씨, 그리고.

샤아아아아아아아.

훨씬 더 향상된 투시력.

지난 고난도 수술을 거치면서 투시력을 극한까지 끌어올렸던 덕분에 전과 달리 지금은 육안으로 보기 힘든 혈관들조차 눈에 들어오고 있었다.

그리고 그 시야 사이로.

메스 날이 귀신같이 움직였다.

석, 서걱!

"미친⋯⋯."

정영구는 자기도 모르게 욕설을 뱉었다.

다른 의료진들 역시 눈을 부릅뜬 채 잘 보이지도 않는 장기, 혈관들 사이로 번쩍이는 메스에서 눈을 떼지 못했다.

혈관도, 내막도 손상되지 않았다.

추후 절단면 누출이나 동맥류 형성이 되지 않도록 완벽하게 수술하고 있는 것이다.

그야말로 신기(神技)라기에 부족함이 없었다.

"이리게이션."

촤아악!

"석션."

치이이이이익!

그와 함께 점차 강화되는 투시력.

샤아아아아아아.

"클램프, 가위."

도수는 수술 도구를 바꿔가며 순식간에 수술을 진행했다. 찰나의 망설임도 없이 손을 배 속으로 들락날락하던 그는 위 절제의 순간까지 도달했다.

위, 담관, 췌장, 공장을 절제하고 췌관과 공장을 문합해야 하는 대수술.

뇌 실질 혈종 제거나 바티스타 수술보다 높은 난이도를 가진 수술이라고 할 순 없지만 복잡한 수술임에는 부정할 수 없었다.

삑. 삑. 삑. 삑.

여전히 환자의 바이털사인은 안정적.

이를 확인한 정영구는 고개를 들었다.

"대체 정체가 뭐냐?"

그는 묻지 않을 수 없었다.

이렇게 정교하고 신속한 속도로 수술이 가능한 써전은 본 적이 없었기 때문이다.

그렇든 말든 도수는 가볍게 대꾸했다.

"이도수입니다."

"……."

본인이 이도수라는데 더 무슨 말이 필요할까.

정영구는 자기도 모르게 나온 질문이었기에, 다시 묻지 않고 말했다.

"큰수술이니 모두 긴장하도록."

"예……!"

의료진들이 너 나 할 것 없이 답했다.

일련의 과정만으로도 도수는 스스로의 실력을 증명했지만.

췌두십이지장절제술은 이제 첫발을 뗐을 뿐이다.

도수는 긴장감을 늦추지 않은 채 말했다.

"위 절제 들어가겠습니다."

정영구가 고개를 끄덕였다.

이 자리에는 더 이상 도수를 '광대'에 비유하던 사람은 존재하지 않았다.

그는 물론 의료진들도 누구 하나 도수를 무시하지 못했다.

무턱대고 반감과 의구심으로 똘똘 뭉쳤던 이들이 강력한 우군으로 변모하는 순간이었다.

                    *   *   *

"가위."

턱.

환자의 위가 눈에 들어왔다.

도수는 일단 눈대중으로 절제선을 그린 뒤 경계선 쪽으로 대망(Greater Omentum)을 잡고 잘라 나갔다.

서걱, 서걱.

막이 양 갈래로 갈라지며 혈관이 드러났다.

도수는 능숙하게 혈관을 묶었다.

스윽.

운동화 끈을 묶는 것도 이보단 어려울 것 같았다.

너무나 쉽게 혈관을 묶어버린 도수가 가위로 혈관을 잘라냈다.

결찰절제(結紮切除)다.

서걱.

피가 조금씩 올라왔다.

"석션."

말이 떨어졌을 땐.

이미 정영구가 석션호스를 가져다 댄 상태였다.

치이이이익!

피가 빨려 나가고.

빠른 대응에 감탄한 도수가 놀란 기색을 지우며 말했다.

"리니어 스테이플러(Linear Stapler: 선형문합기)."

턱.

고데기와 비슷한 형태의 문합기를 받은 도수가 위를 절제했다. 절제와 동시에 문합을 시켜주는 의료 도구.

별 출혈 없이 위가 떨어져 나오자.

도수는 위벽 가지를 제거했다.

'빠르다.'

정영구는 도수의 속도에 다시 한번 놀랐다.

결코 쉬운 일이 아니었다.

수술이란 건 이렇게 처음부터 끝까지 순서를 기억해야 가능하다. 하지만 지금 하고 있는 췌두십이지장절제술처럼 장장 여섯 시간에 걸친 대수술의 순서를 기억하기란 쉬운 일이 아니었다. 중간에 하나라도 빠지면 큰 문제가 될 수 있다.

그래서 정영구는 혹시 실수가 있진 않을까 눈을 크게 뜨고 지켜봤다. 그러나, 작은 실수조차 없었다.

'이토록 물 흐르듯 진행하다니······.'

수술의 퀄리티를 결정짓는 건 정확성과 속도다.

하지만 아무리 빨라도 놓치는 게 생기면 그 순간 수술은 실패다.

신중에 신중을 기할 수밖에 없는데.

도수는 생각할 틈도 없이 손을 놀리고 있었다.

슥, 스윽.

"후."

정영구는 보는 것으로도 숨이 찼다.

여섯 시간의 표준 수술 시간.

영화 세 편의 대사를 통째로 술술 외는 일보다 힘들 수밖에 없다.

그런데 도수는 그보다 훨씬 쉽게 해내고 있으니.

길은 하나다.

수도 없이 해봤다는 것.

'그게 가능한가?'

정영구는 마스크 위로 드러난 도수의 얼굴을 바라봤다.

이제 스무 살 갓 넘은 애송이.

그런 녀석이 췌장암 수술을 해봐야 몇 번이나 해볼 수 있단 말인가?

암은 전염병이 아니다.

라크리마에서 아무리 많은 암 환자를 봤다고 하더라도 수적 한계가 있는 것이다.

절레절레.

고개가 저어졌다.

경험이 아니라면.

천재성이다.

머리가 특출나게 좋은 써전은 한두 번만 수술에 참여해도 대강 순서를 외우기도 하니까.

'아무리 그래도… 이건 '대강 순서를 외운' 정도가 아니잖아?'

복잡한 수술이다.

경험자는 경험자대로 다른 수술과 헷갈릴 수 있을 만큼.

한데 준비할 시간도 없이 들어와 놓고 작은 틈도 보이지 않고 있었다.

그때 도수가 말했다.

"불독겸자(Bulldog Forceps: 주로 서혜부에서 대퇴부, 복부의 혈관에 사용하는 지혈겸자)."

턱.

겸자를 받은 도수의 눈이 번쩍였다.

샤아아아아아아아.

세세하게 보이는 혈관들.

진흙탕에 손을 밀어 넣듯, 겸자를 든 도수의 손이 환자의 배 속으로 쑥 빨려 들어갔다.

콰악!

단번에 혈관을 집은 도수가 고개를 들었다.

"메스."

턱.

총간관을 절제한 도수가 쉴 틈을 주지 않고 말했다.

"원 제로 실크(1−0 Silk: 봉합사의 일종)."

"아⋯⋯!"

간호사의 손이 템포를 놓쳤다.

그 틈을 비집고, 정영구가 봉합사를 건넸다.

"⋯⋯!"

"닥터⋯⋯!"

"내가 하지."

정영구는 반응이 늦은 의료진을 나무라지 않았다. 간호사가 늦은 게 아니라 도수가 너무 빠른 거다. 이 정도 속도를 따라잡으려면 수술 순서를 기억하고 미리미리 준비를 해야 한다.

그게 가능한 사람은 이 수술실에서 정영구뿐이었다. 그 역시 뛰어난 써전이기에 도수와 함께 호흡할 수 있는 것이다.

고개를 끄덕인 도수가 봉합사를 받아 담관 끝을 순식간에 묶어버렸다.

"주기적으로 담즙 흡인해 주세요."

그는 보조 레지던트를 쳐다보지도 않고 말했다.

치이이이이익!

석션호스가 하나 더 들어가고.

도수는 췌장을 들어 올렸다.

"췌장 절제합니다. 혈관 테이프."

지걱, 지걱.

배 속이 뒤엉키고 출혈이 발생했다.

"넬라톤카테터(Nelaton's Catheter: 튜브형 기구)."

수술실 레지던트가 튜브를 건네자.

도수가 말했다.

"좀 더 짧게."

툭!

정영구가 튜브 끝을 잘라냈다.

'이런……'

그는 머리가 다 어지러울 지경이었다. 오랜만에 서는 어시스트라서일까?

나이를 먹어서인지 따라가기도 힘에 부쳤다.

'아니, 아니다.'

젊었어도.

어시스트를 매일같이 서던 때라도 똑같이 벅찼을 거다.

이건 그가 느린 게 아니라 도수가 빠른 것이었다.

췌장을 감은 테이프를 튜브 안으로 넣어서 고정시킨 도수가 말했다.

"메스."

턱.

"겸자도."

절제측을 겸자로 단단히 잡고 덧붙였다.

"뇌혜라 들어갑니다."

정영구가 주걱 형태의 혜라를 췌장과 상장간막정맥 사이로 거치했다. 절제 부위를 고정시키자, 도수의 메스 날이 파고들었다.

"피 나요."

석, 서걱!

"석션."

치이이이이익!

메스가 췌장의 절제면을 수직으로 잘라냈다.

"배측(복측과 멀리 떨어진 등쪽)."

도수는 반대쪽 절제면 또한 비스듬히 잘랐다.

"췌장 확장 없습니다. 췌관 튜브."

턱.

그는 튜브를 받아 췌관 안으로 밀어 넣었다. 저항 없이 들어가자, 도수는 췌관 튜브를 그대로 둔 채 췌액을 수술대 밖으로 배액했다.

"석션."

치이이이이익!

정영구가 알아서 착착 들어갔다.

소동맥에서 힘차게 뿜어져 나온 출혈을 석션호스가 잡아갔다.

그와 함께.

도수가 출혈점을 단번에 찾았다.

턱.

"꿰맵니다."

슥, 스윽.

순식간에 오므라드는 출혈점.

점차 출혈이 멎자 도수는 췌장 절제면의 목에 감겨 있던 혈관 테이프를 느슨하게 풀어 제거했다.

바로 그 순간.

츄욱!

봉합한 곳에서 피가 샜다.

봉합이 잘못된 것이 아니다.

혈행이 너무 거세서 봉합사가 벌어진 것이다.

"이런⋯⋯."

정영구의 잇새로 억눌린 음성이 새어 나왔다.

다른 의료진들 역시 눈을 부릅떴지만.

도수는 침착하게 손을 펼쳤다.

"메스!"

턱!

정영구 역시 노련한 써전답게 멈칫대지 않았다. 그에게 메스를 받은 도수는 혈액이 유입되고 있는 배측 췌동맥을 한 줄 절제해 버렸다.

'혈행을 늦췄다!'

정영구는 속으로 감탄했다. 등줄기로 소름이 돋았다. 누구든 빠삭하게 췌두십이지장절제술을 공부했다면 지금 같은 상황에 대응을 할 수 있었겠지만, 도수는 조금도 당황하지 않았다. 바로 그게 중요했다. 이는 모든 경우의 수를 미리 예측하고 대비했거나 동물적인 기지를 발휘했다는 뜻이다.

어느 쪽이든, '수술 귀신'이란 말이 떠오를 만한 반응 속도였다.

순식간에 다시 출혈이 잦아들자 의료진이 마스크 아래로 입을 딱 벌렸다.

"혈압 정상으로 돌아왔습니다."

"출혈이 잡혔어요."

정영구는 기가 막힌 감정을 숨기지 않았다.

"무슨 코피 막듯 출혈을 잡아버리는군."

도수가 못 들은 척 췌장 후면의 결합조직을 절제했다.

서걱, 서걱.

췌장을 고정시키고 있던 조직이 떨어져 나가자 췌장의 목이 길죽하게 늘어났다. 이 역시 수술 후반부 진행할 췌공장문합시 좀 더 편리하게 문합할 수 있도록 미리 처리한 것이다.

이어서 상장간막정맥 우벽, 하췌십이지장 정맥까지 뚝딱 처리해 버린 도수가 말했다.

"췌두신경총 절제합니다."

정영구는 어느새 수술 속도가 손에 익었는지, 벌써 준비한 두 개의 만곡견인기로 상장간정맥을 잡아 젖혔다.

그 순간 도수의 투시력이 다시 한번 발현됐다.

샤아아아아아.

췌두부 암은 췌신경총을 통해 진행된다. 그렇다고 췌신경총을 모조리 잘라내 버리면 난치성 설사가 발생하게 된다.

인체의 상호작용이 준 난제였다.

하지만 도수는 그리 고민하지 않았다. 투시력으로 보고, 암이 재발하지 않을 정도로. 난치성 설사로 다시 병원을 찾지 않을 만큼의 적당 범위만 절제하면 그뿐이었다.

"켈리포셉. 보비."

양손에 무기를 쥔 도수의 손이 다시 움직였다. 박리겸자로 신경다발을 얇게 건져 올린 뒤 보비로 절제했다.

치이이이이익.

연기가 피어올랐다.

'고민도 없이…….'

정영구가 못내 불안한지 물었다.

"너무 적은 범위만 절제한 거 아닌가?"

"적당합니다. 더 자르면 설사해요."

"……."

정영구는 입을 닫았다. 어떻게 이렇게 손쉽게 신경총 절제 범위를 결정짓는진 어차피 이 짧은 순간 아무리 머리를 굴려도 이해하지 못한다. 모두가 집도의를 무조건적으로 믿고 따르는 것. 그것만이 수술 성공률을 높일 수 있는 길임을 그는 알고 있었다.

'지금은 수술 중이다.'

정영구가 의심을 버리는 사이.

도수는 췌두신경총 2부까지 절제해 냈다.

의료진들은 그 속도를 따라가기도 힘들었다. 바로 이 속도가 수술실 모두를 잡아끄는 강력한 힘이 됐다. 생각할 틈이 없으니 의심할 틈도 없는 것이다.

"공장절제 들어갑니다."

신경총절제를 순식간에 마무리 짓고 바로 공장절제로.

치이이이이익.

보비가 지나간 자리로 복막이 열렸다.

스윽.

단숨에 동정맥을 묶어버리고.

"메스."

메스로 혈관을 자른다.

서걱!

정영구는 도수가 잘 보이도록 공장을 우측으로 고정시켰다. 나이가 있어 그런지 도수의 수술 실력에 매료돼서 그런지 관자놀이로 땀이 흘렀다.

간호사가 땀을 닦아주고.

도수는 계속 메스를 놀렸다.

지걱, 지걱…….

"리니어 스테이플러."

턱.

"가위."

턱…….

안 그래도 빠른데 점점 더 빨라지는 손놀림. 그리고 그 속도에 맞춰 호흡하는 어시스트들. 그들 모두 최고의 메디컬 톱 팀 다웠다.

그야말로 눈 깜짝할 새에 절제가 끝나고.

환자 배 속은 토막 난 장기들과 혈관들이 뒤엉킨 양상이 됐다.

이제 재건(再建)을 할 차례.

배 속을 해체할 때보다 더 중요하고, 더 많은 집중력을 요하는 단계다.

나지막이 한숨 돌리는 것만으로 모든 휴식을 마친 도수가 짧게 말했다.

"문합 들어가죠. 포 제로 바이크릴(4—0 Vicryl)."

양 끝에 바늘이 붙은 봉합사를 받은 도수가 주체관의 머리 측에 두 바늘, 꼬리 측에 세 바늘 걸었다.

"파이브 제로 피디에스(5−0 PDS)."

여기저기 계속해 바늘이 걸렸다.

두 번이 없었다.

모조리 단번에.

정확히 바늘을 걸어둔 모습은 마치 해부학 교과서를 환자 배 속으로 옮겨놓은 듯 정확했다.

"깔끔한 솜씨야."

정영구는 칭찬인지 감탄인지 헷갈리는 어조로 중얼거렸다.

그 한마디는 이 수술실 모두의 생각이기도 했다.

벌써 총 여덟 개의 바늘이 췌장과 공장 사이에 걸린 상태.

그저 보는 것만으로도 어지러운 광경이지만.

도수는 순서대로 봉합에 들어갔다.

스윽, 스윽.

빠른 손놀림.

모든 실이 봉합됐을 땐, 췌장 단면과 공장벽이 밀착돼 있었다. 공장벽이 췌장을 덮어 누르는 듯한 형상이 된 것이다.

"췌공장문합 끝."

정영구가 말했다.

그러자 의료진은 참지 못하고 마스크 안으로 한마디씩 했다.

"진짜 빠르네요."

"벌써……."

"오늘 저녁은 제때 먹을 수 있겠는데요?"

도수가 고개를 끄덕였다.

"한 시간 안에 끝내죠. 간관공장문합 시작하겠습니다."

별 얘길 한 것도 아닌데.

수술실 안의 사기가 한껏 고양됐다.

"이대로 가자고."

정영구가 메스를 건넸다.

그와 눈을 맞춘 도수가 고개를 끄덕이곤 메스를 받아 들었다.

스으으윽.

문합 예정부의 공장벽이 갈라졌다.

마치 자로 잰 듯 간관 지름에 딱 맞아떨어졌다.

"켈리포셉."

턱.

"모스키토(겸자의 일종)."

턱.

"포셉."

턱.

"튜브."

스으윽.

"타이."

도수의 손이 예술적인 봉합술을 펼쳤다. 몇 차례 의료 도구가 오가고 바늘이 환자의 배 속에서 움직이자 순식간에 간관공장 문합이 마무리됐다.

"위공장 문합합니다."

"……!"

속도가 더 빨라졌다.

'이 자식, 뭐야?'

정영구는 수술 내내 충격에 충격을 받았다. 그 어떤 반전 서스펜스영화도 오늘 수술처럼 여러 번 놀라진 못했을 것이다. 반전 하나 없이 쭉 일관된 이유로 놀라는데, 또다시 놀랐다.

"보비."

턱.

치이이이익.

"타이."

슥, 스윽.

"……."

의료진들은 넋을 놓고 쫓아가기에 급급했다.

"브라움 문합."

위를 횡행결장막에 고정하고.

"마무리하겠습니다."

도수는 환자 배에서 췌관, 담관에 연결했던 두 개의 튜브를 복벽 밖으로 빼냈다. 그리고 공장벽을 꿰매서 복막에 고정시켰다.

"이리게이션."

촤악!

"석션."

치이이이이익!

마지막, 복강 내 세척이 시작됐다.

모두들 피로감이 피크에 달해 있었다.

그러나 그 피로를 앞서는 건 도수가 보여준 광경에 대한 신선함이었다.

피로했지만 피로감을 느끼지 못하는 상태가 된 이들.

손쉽게 삼 층으로 된 복벽을 봉합해 폐쇄한 도수가 그들을 향해 입을 열었다.

"수고하셨습니다."

탁!

긴장이 풀리자.

수술실 의료진들이 휘청거렸다.

그나마 멀쩡히 서 있는 건 정영구 정도였다.

"네 시간 십칠 분."

"……!"

의료진들이 놀라는 가운데.

정영구의 한마디가 떨어졌다.

"신기록이다."

*   *   *

"와, 씨……!"

정영훈은 입을 쩍 벌린 채 말을 잇지 못했다.

췌두십이지장절제술은 한국에서도 가능한 써전들 이름을 열거할 수 있을 만큼 어렵기로 손꼽히는 수술이었다.

일단 간담췌 파트를 전공해야 하고, 전공했다 하더라도 모두가 할 수 있는 수술이 아니었다.

그런 수술을 전공자도 아닌 도수가 표준 시간보다 무려 한 시간 반 이상 빠른 속도로 끝낸 것이다.

수술의 정확성 또한 완벽에 가깝게.

"강미소 선생, 우리 이도수 센터장이 간담췌 수술도 저렇게 잘했었어?"

"저도 몰랐죠."

고개를 절레절레 저은 강미소가 말했다.

"간이고 위고 췌장이고 전부 부서진 환자도 수술을 하니까 췌장암 수술도 할 수 있나 보다 싶었던 건데… 이렇게 잘할 줄은 저도 몰랐어요. 정말 알면 알수록 새로운 사람이네요."

"양파야, 양파."

정영훈은 참관실 유리창을 통해 보이는 아버지의 얼굴을 응시하며 말했다.

"저렇게 놀라신 모습은 내가 성형외과 간다고 밝혔을 때 이후로 처음 본다."

"아무래도… 첫발은 성공적으로 뗀 것 같죠, 우리?"

정영훈은 고개를 끄덕였다.

"도수 옆에만 꼭 붙어 다니면 될 것 같다."

"사람이 왜 그래요? 독립적으로 인정받을 생각은 안 하고."

"어쭈. 파견 왔다고 너 아주 기어오른다?"

"……"

강미소는 한숨을 내쉬었다.

하지만 기분은 좋았다.

도수가 정영구한테 인정을 받은 것이나 다름없었으니까. 그리고 그가 인정한 이상, 이 병원에서 그들을 대놓고 함부로 대할 사람은 없을 터였다.

여기서 문제는 정영구가 사심 없이 도수를 있는 그대로 인정하느냐.

아니면 시기하고 질투하느냐.

이것이 문제로다.

"빨리 내려가 봐요, 우리. 아버님께서 우리 센터장님한테 뭐라고 하실지 궁금하니까."

"그놈의 센터장은 여기까지 와서도 센터장이야?"

정영훈은 투덜투덜 대면서도 그녀와 함께 참관실을 나섰다.

한편, 수술실을 나선 도수는 정영구와 마주섰다.

"어디서 수술을 배운 거냐?"

"라크리마에서요."

도수가 짧게 대답하자.

정영구가 다시 물었다.

"누구한테?"

"부모님한테요."

"……."

찰나지간.

정영구의 얼굴에 그늘이 스쳐갔다.

"…내 동생, 그러니까 네 엄마는 그렇게 된 지 한참 됐다고 알고 있다만."

"네. 돌아가신 지 한참 됐죠."

"그런데 어떻게……."

"열두 살 때까지 어깨너머로 배웠고, 그 후에는 전쟁터 환자들을 치료하면서 저절로 깨우쳤습니다."

"그걸 믿으라고?"

"못 믿으셔도 상관없는데."

"……."

"저도 뭐 하나만 묻죠."

"말해라."

"왜 저를 싫어하시죠?"

도수는 정영구를 똑바로 응시했다. 분명 수술실에선 동질감을 느꼈다. 나름대로 호흡도 척척 맞았다. 정영구는 감탄했고 즐거웠다.

시기? 질투?

그런 감정은 아니었다.

마치 의도적으로 도수를 싫어하려는 것 같은.

그런 기분이 들었다.

그리고 그 느낌은 정확했다.

"넌 내 동생의 아들이기도 하지만, 그놈 아들이기도 하니까."

"제 아버지와 사이가 별로 안 좋으셨나 보네요."

"최악이었지. 그런데 지금은 더 싫어졌다. 네 아버지가 아니었다면, 네 어머니가 그렇게 될 일도 없었을 테니까. 그 빌어먹을 논문만 아니었어도……."

"아들 면전에 대고 아버지 욕이라니."

도수가 말을 이었다.

"제 부모님이 직접 하신 선택이었습니다. 어머니와 아버지가 만든 논문으로 저는 심장 성형술을 개발했습니다. 그 덕분에 앞으로 수많은 사람이 살 수 있게 됐어요. 그래도 '빌어먹을' 논문입니까?"

"뭘 말하고 싶은 거지?"

"저를 좀 도와주셨으면 합니다."

정영구가 미간을 찌푸렸다.

"뭘?"

"이곳에 B&W에서 이직한 병리학 박사가 있다고 들었는데요."

"……."

"누구죠?"

"그는 없다."

"네?"

도수는 예상치 못한 대답에 눈을 치켜떴다.

한숨을 내쉰 정영구가 말했다.

"왜인지 모르겠지만 후아레즈 범죄 조직에서 그를 타깃으로 잡고 협박했어."

후아레즈 범죄 조직?

"카르텔을 말씀하시는 건가요?"

"그래. 말했듯 이유는 나도 모른다."

뭔가 구린 냄새가 났다.

그러나 억측은 보류. 도수는 떠난 사람에게 미련을 두지 않고 말했다.

"그럼 다른 부탁을 드리죠."

"자꾸 부탁을 하는군."

"심장 성형술에 들어와 주십시오."

"심장 성형술에?"

"뛰어난 써전이시잖아요. 오늘 같은 복부 수술도 직접 하시고 흉부외과 수술도 하신다고 들었습니다."

정영구는 부정하지 않았다.

"…전공이 아니다. 전공만 할 수 없는 환경이니 여러 수술을 하는 것뿐."

"그 정도면 충분합니다."

정영구는 도수를 빤히 응시했다. 뭘 믿고 이렇게 뻔뻔할 수 있는 걸까?

실력을 믿는다면… 받아들일 수밖에 없다. 사실 정영구 또한 도수의 수술을 더 보고 싶었으니까. 사감은 사감이고 일적으론 인정하지 않을 수 없었다. 그러나 마음에 걸리는 점이 있었다.

"설마 나한테 계속 네 어시스트나 서란 얘기냐?"

"그렇습니다."

"거절한다."

"그러실 줄 알았습니다만……."

도수가 덧붙였다.

"어디까지나 심장 성형술을 할 때만 어시스트를 해주시는 겁니다. 대신 전 새로운 심장 성형술을 공유해 드리죠. 실력 있는 써전만 가능한 수술입니다."

"내가 흉부외과 수술을 탐낼 것 같으냐?"

"예."

도수는 확신하고 있었다.

"심장 성형술을 완벽히 터득하실 경우 세계에 이 수술을 할 수 있는 사람은 몇 명 안 될 겁니다. 저 혼자인 것보단 한 명이라도 더 많은 환자를 살릴 수 있겠죠. 수술법이 상용화되는 시기도 앞당겨질 테고요."

그는 환자 중심으로 이야기했으나.

정영구는 자기 식대로 해석했다.

'녀석 말이 사실이라면, 수술이 상용화될 때까진 영예를 누릴 수 있다. 밑져야 본전이긴 한데……'

나쁜 제안이 아니기에 정영구는 고민에 빠졌다.

그의 마음을 흔드는 내용은 두 가지였다.

심장 성형술을 할 줄 아는 전 세계에 둘뿐인 의사. 이건 분명 앞으로의 활동에 좋은 타이틀이 된다. 앞으로 그가 물려받을 병원 홍보에도 강력한 무기가 될 터였다.

그리고 더 중요한 건 의사로서의 호기심. 애초에 이런 호기심이 없었다면 모든 외과수술을 통달하는 경지까지 오지도 못했을 것이다.

하지만 그가 망설이는 이유도 분명했다. 그리고 이 두 가지 장점을 얻는 걸 포기할 만큼 강력했다. 집도의가 아닌 어시스턴트로 수술에 참여하고 싶지 않은 자존심, 그리고… 병원 내 시선.

그가 망설이고 있는 그때.

도수가 승부수를 던졌다.

"심장 성형술을 익히는 동안 수술실 배정은 닥터 이름으로 하셔도 됩니다."

정영구는 자신의 알량한 마음을 들킨 기분이 들자 반사적으로 얼굴을 찌푸렸다.

"꼭 그것 때문에 고민하는 건 아니고."

"제가 원하는 것뿐입니다."

도수는 기꺼이 맞장구를 쳐주었다.

멍석을 깔자, 정영구가 고개를 끄덕였다.

"그럼 나도 원하는 게 있다."

그에 도수가 물었다.

"말씀하세요."

"내가 지정한 케이스의 환자가 들어올 경우 내 수술에 어시스트를 서준다면 나도 제안을 수락하지."

"어떤 환자입니까?"

"헤드 샷(Head Shot) 환자."

머리에 총상을 입은 환자를 말하는 것이다.

도수는 정영구가 몇 번 그 같은 환자를 받았고, 매번 환자를 잃어야만 했던 것을 유추할 수 있었다. 아마 그게 한으로 남은 듯했다. 도수를 영입해서라도 자신이 실패했던 수술을 성공시키려는 욕심을 이해할 수 있었다.

도수 역시 자신의 손으로 한 명이라도 더 살리고 싶다는 목적은 같으니 거절할 이유가 없었다.

"좋습니다."

환자도 환자지만.

신경외과 쪽 실력을 향상시키기에 좋은 기회였다.

그리고 그제야, 정영구가 답변을 줬다.

"나도 네 제안에 협력하마."

손을 내미는 그.

도수는 그 손을 맞잡았다.

물론 정영구는 이 순간의 악수가 어떤 의미를 내포했는지 꿈에도 모를 터였다.

심장 성형술을 그와 공유하게 되는 순간 심장 성형제를 개발한「B&W」는 더 골치가 썩을 수밖에 없었다.

그들은 도수가 홀로 완성시킨 심장 성형술에 자신의 이름을 붙이게 될 때까지 아무에게도 이 수술을 유출하지 않을 줄 알았겠지만, 도수는 오히려 반대로 행동한 셈이다.

따라서 두 가지 이점을 얻게 된다.

「B&W」의 시선을 분산시키고.

한국과 미국에서 고루 유명한 정영구의 영향력을 빌릴 수 있게 되는 것이다.

'이제 성과 발표만 남았다.'

심장 성형술 대상자들을 최대한 많이 수술하고, 성공률을 증명해야 한다. 그렇게 되면 더 많은 환자를 살릴 수 있을 뿐만 아니라「B&W」의 심장 성형제 프로젝트를 난항에 빠지게 할 수 있다.

그야말로 일거양득인 것이다.

*　　　　*　　　　*

수술실을 나서서 자신의 연구실로 돌아간 정영구는 피로를 풀 겸 편히 기대앉아 천하대병원 이사장에게 전화를 걸었다.

이내, 수화기 뒤편에서 익숙한 목소리가 들려왔다.

—네가 먼저 전화를 다 하고. 해가 서쪽에서 뜨겠구나.

"영화 아들을 만났습니다."

정영화.

여동생을 말하는 것이다.

—네 조카지.

"아직 그 정도로 친밀감이 생기진 않았고. 함께 수술을 해봤습니다."

—수술을?

"췌장암 3기 환자였고 췌두십이지장절제술을 진행했습니다."

—그런데?

"귀신같더군요."

—하하하하.

"영화랑, 이찬 그놈이 신의(神醫)를 낳았어요. 네 시간 십칠 분. 제가 보고 들은 것 중 신기록이었습니다. 아마 모든 수술 기록을 통틀어도 가장 빨랐을지 모릅니다."

웃음기를 다 거두지 못한 이사장이 수긍했다.

—그래, 그 녀석은 상식을 깨는 실력을 가졌지. 내 생전에 네가 누군가를 인정하는 걸 다 보고 말이다.

"전 인정하지 못한 적 없습니다. 인정할 만한 사람을 못 봤을 뿐."

—어련하실까.

"…저한테 바티스타… 아니, 이찬의 논문을 본떠서 완성시킨 심장 성형술을 같이하자더군요. 제게 가르쳐 주겠답니다."

—이크!

무릎을 탁 친 이사장이 말했다.

—그래, 그 수가 있었구나. 그 녀석이… 결국 이렇게 되는 건가?

"무슨 말씀이십니까?"

—아니, 아니다.

이사장은 말을 아꼈다. 막내딸의 죽음. 거기서부터 시작된 이 사건은 결국 그녀의 가족 모두와 「B&W」의 전쟁이 되어가고 있었다. 당연히 이렇게 될 일이었다. 다만, 「B&W」의 실체에 대해 아는 사람이 많아서 좋을 건 없었다.

—그래서. 대답은 했느냐?

"하기로 했습니다."

정영구는 별말을 보태지 않았지만 이사장은 크게 놀랐다.

—네가? 그 자존심에 승낙했다고?

"그건 나중에 얘기하시죠."

별로 말하고 싶지 않은지, 정영구가 말을 잘랐다.

그러자 잠시 말이 없던 이사장의 목소리가 다시 들려왔다.

—네 조카를 잘 챙겨주거라. 외삼촌으로서… 그래야 돼.

"제가 안 챙겨도 스스로 클 놈입니다."

그 순간.

정영구의 호출기가 울렸다.

삐빅. 삐빅.

"호출입니다. 가봐야겠어요."

전화를 끊은 그는 응급실로 갔다. 곁에 바짝 붙은 레지던트 환자 한 명이 브리핑을 했다.

"후아레즈 병원으로 이송되던 중 트랜스퍼 된 응급환자입니다. 그쪽은 오늘 아침 국경에서 벌어진 총격전으로 이외 환자 커버가 힘들다고 해서 우리 쪽으로 넘어왔습니다. 복부 총상으로 인한 출혈이 너무 심해서 바로 응급수술 들어가야 할 것 같습니다."

"준비는?"

"끝냈습니다."

정영구가 고개를 끄덕였다.

"바로 들어가지."

그 순간.

막 간이 휴게실에서 모습을 드러내던 도수가 환자를 발견하곤 미간을 찌푸렸다.

'응급?'

출혈이 심했다.

당장 수술해야 할 상황.

판단을 마친 그는 CT를 찍어볼 시간조차 없다는 걸 알아채고 투시력을 가동했다.

샤아아아아아.

투시력이 발휘되자.

복부 속, 환자의 구멍 난 위가 시야로 들어왔다. 그런데……

'저건 뭐지?'

위 안에 이물질이 있었다.

옆구리가 터진 비닐봉지.

그 안으로부터 새어 나온 새하얀 가루가 연기처럼 퍼지며 위액에 섞여 들어가고 있었던 것이다.

차르르르르르륵!

이동식 침대가 이동하며 엘리베이터로 돌진했다.

도수는 정영구를 보며 말했다.

"저도 들어가겠습니다."

"뭐?"

미간을 찌푸린 정영구가 고개를 저었다.

"수술 욕심은 알겠지만……."

"그게 아닙니다."

"……."

"제가 필요하실 거예요."

도수는 눈을 피하지 않고 빤히 응시했다. 투시력을 설명할 길이 없으니 배 속에 있는 이물질에 대해선 언급하지 않았다. 그렇다 해도 정영구가 거절하지 않으리라는 계산이 깔려 있었다.

그리고 역시나 정영구는 짧게 답했다.

"…사람 찜찜하게 만드는군."

그는 몸을 휙 돌렸다.

도수가 뒤따라갔다.

두 사람은 소독을 마치고 수술실 안으로 들어갔다.

"안녕하세요."

수술실 의료진들이 인사를 건넸다. 그들은 뒤에 따라 들어온 도수를 보곤 눈을 동그랗게 떴다.

하루에 두 번의 수술.

내내 도수가 함께하는 것에 대해 의아하겠지만, 정영구는 설명을 더하지 않고 말했다.

"수술 시작하지."

엘 파소 병원 마취과 과장 휴 윌슨이 환자의 상태를 설명했다.

"혈압은 백십에 칠십, 심박수 백삼 회야."

이 환자는 출혈이 심한 상태. 지금보다 더 떨어졌어야 정상이다.

"좀 높은데?"

정영구가 묻자 그가 대답했다.

"이송 중에 수액이 많이 들어갔나 보지."

그러나 도수는 고개를 저었다.

'아냐.'

수액이 많이 들어간 게 아니다.

확실치는 않지만 환자 배에서 터진 약물이 혈압을 비정상적으로 올리고 있는 것 같았다. 그 약물이 무엇인지 정확하진 않지만, 최악의 경우 한 가지를 생각해 봐야 한다.

'마약.'

그사이 정영구가 말했다.

"일단 총알 제거하고 출혈부터 잡자고. 메스."

메스를 받은 정영구가 개복을 시작했다.

"보비."

치이익.

복막이 열린다.

츄악.

피가 샜다.

도수는 그가 입을 열기도 전에 이리게이션을 실시했다.

촤악!

그리고 곧바로 거즈를 환자 배 속에 채워 넣었다. 지금도 출혈이 지속되고 있기 때문에 석션을 하기엔 너무 늦다.

철퍽! 철퍽!

거즈를 냅다 잡아 뺀 정영구가 고개를 들었다.

"석션 계속해 줘. 메스."

고개를 끄덕인 도수가 석션호스를 가져다 댔다. 정영구의 메스를 따라 석션호스가 움직였다. 출혈이 날 때마다 모조리 호스에 빨려 들어갔다.

"센스 있군."

조직을 절제한 정영구는 박혀 있던 총알을 빼냈다.

"다행히 장기는 크게 손상되지 않았어. 바로 타이하지."

간호사가 봉합사와 봉합침을 건넸다.

그러자 순식간에 봉합이 이루어졌다.

슥, 스윽.

빨랐다.

하지만 도수는 감탄할 새도 없이 환자의 상태를 체크하고 있었다.

움찔, 움찔.

아무도 보지 못했겠지만.

몸이 미세하게 경련했다.

그 모습을 놓치지 않은 도수가 투시력을 사용했다.

샤아아아아아아.

두 눈이 빛을 머금고 심장으로 향했다.

두근, 두근, 두근!

빠르다.

심박수가 급격하게 오른다는 건.

피를 공급하는 펌프질이 빨라졌다는 뜻.

"혈압."

"응?"

정영구를 비롯한 의료진들의 눈길이 향하자, 도수가 짧게 덧붙였다.

"혈압 확인해야 돼요."

마취과 과장 휴 윌슨이 고개를 돌렸다.

"……!"

삑. 삑. 삑. 삑.

아니나 다를까.

혈압이 급격히 오르기 시작했다.

"이게 무슨……!"

"다시 열어야 합니다."

도수가 정영구에게 말했다.

"환자의 위 속에 마약이 들었을 겁니다."

"마약?"

만약.

그 이물질이 마약이 아니었다면.

밀가루나 튀김가루를 밀봉한 것이었다면 굳이 지금처럼 수술로 제거할 필요가 없었을 것이다.

그래서 아무 말도 하지 않았지만.

지금은 상황이 달라졌다.

"빨리!"

도수가 외치자.

정영구가 다시 봉합하던 실을 메스로 잘라냈다.

촤악!

활활 타는 불길에 강풍이 분 것처럼 출혈에 가속도가 붙었다.

"젠장. 거즈!"

거즈를 아무리 밀어 넣어도 순식간에 빨갛게 젖어버린다.

"혈압 백팔십에 백이야! 심박수는 백팔십… 이러다가 브이에프(Ventricular Fibrillation: 심실세동) 올 수도 있어!"

"약이 이미 전신에 돌았다……!"

정영구가 절망적으로 외쳤다.

그 순간.

엎친 데 덮친 격으로 환자가 거품을 물며 깨어났다.

"커… 컥! 커컥!"

그야말로 공포영화의 한 장면이었다.

"환자 깨어났습니다!"

대공황 상태.

수술실은 혼돈으로 빨려 들어갔다.

"마취과! 다시 마취를……."

정영구가 부랴부랴 외치며 수액 들어가는 정맥관을 쳐다봤다. 지푸라기라도 잡고 싶은 심정에, 이미 약을 바꾸고 있는 누군가가 보였다.

휴 윌슨?

아니다.

그 역시 멍하니 약을 바꾸는 누군가를 쳐다보고 있었다.

그는 바로.

도수였다.

"케타민(Ketamine: 전신 마취제의 일종) 들어갑니다."

"……!"

그는 이질감이 들 만큼 침착했다.

그럴 수밖에 없다.

이 수술실의 누구도 지금처럼 환자가 수술 도중 마취가 깨는 경험을 해보지 못했지만.

도수는 전쟁터를 전전하며 숱한 경험을 했던 것이다. 마취약이 부족해서 완전히 마취를 시키지 못했던 적도 있고, 심지어 어느 땐 환자를 묶어놓고 맨정신인 상태로 수술을 하거나 절단을 했던 적도 있었다.

환자의 눈꺼풀이 다시 감기자.

도수가 손을 떼며 말했다.

"위에 아직 흡수되지 않은 약부터 제거하죠."

침착한 목소리.

정영구는 땀범벅인 얼굴로 고개를 끄덕였다.

"그러지."

손을 막 가져다 대는데.

미세하게 손이 떨렸다.

"......!"

단 한 번도.

하늘에 맹세코 이런 적은 없었다.

써전이 손을 떨다니!

그것도 정영구처럼 수많은 수술을 경험한 써전이 수술 중에 손을 떠는 일은 있어선 안 될 일이었다.

정영구는 그 원인을 어렵지 않게 찾아낼 수 있었다.

'젠장.'

환자가 수술 도중 깨어난 걸 보고 일시적으로 근육이 경직됐던 것이다.

손에 힘을 줘봐도 근육의 지배를 벗어날 순 없었다.

"후……."

그가 도수를 보았다.

"날 좀 도와다오."

한국말이다.

물론 수술실 모두가 그 말뜻을 알게 되겠지만, 그는 마지막 자존심을 지키려 했다.

도수가 짧은 한국말로 답했다.

"알겠습니다."

그는 바이털을 확인했다.

간당간당하다.

언제 어레스트(Arrest: 심정지)가 나도 이상하지 않은 상황.

다량의 마약이 체내에서 터진 환자는, 그 역시 처음이었다.

'마취가 깼다는 건 체내에서 터진 마약이 중추신경 자극제일 가능성이 높다는 뜻.'

중추신경 자극제. 그렇다면 코카인일 확률이 높았다.

"코카인 결합 항체 투약해 주세요. 시간만 벌어주시면 어떻게든 환자 살려보겠습니다."

도수가 휴 윌슨에게 말했다.

그러자 마취과 과장 휴 윌슨이 고개를 끄덕였다.

"이미 퍼진 약은 신경 쓰지 말고 체내에 남은 약만 최대한 제거해 주게."

"예."

대답한 도수가 말했다.

"위치 바꾸죠."

정영구와 도수가 위치를 바꾸었다.

의료진들은 눈알을 뒤룩뒤룩 굴리며 두 사람을 보았다.

하지만 뭔가를 묻거나 이의를 제기하는 데 낭비할 시간이 없었다.

삐. 삐. 삐. 삐.

바이털을 확인한 도수는 다시 수술을 재개했다.

"메스."

턱.

도수는 핏물이 차오르고 있는 배 속으로 메스를 든 손을 밀어 넣었다.

"위 절개합니다."

스으윽.

최초 정영구가 절개했던 절개선을 따라 메스가 움직였다.

치이이이이익!

석션을 하고 있던 정영구가 물었다.

"시야 확보는 문제없나?"

"네."

당연했다.

도수는 투시력을 쓰고 있었기 때문이다

그런데, 근래 몇 차례 수술을 거듭할 때마다 투시력도 점차 변화를 거듭하고 있었다. 지금 같은 경우 위 안에서 터진 마약 가루가 오묘한 색깔로 눈에 들어오고 있는 것이다.

'착시현상은 아니다.'

착시현상이라기엔 너무 또렷하다.

'그럼 이건 무슨 뜻이지?'

색깔이라.

의문이 들었지만 다른 생각할 시간이 없었다.

도수는 메스를 움직이던 방향으로 계속 절개를 진행했다.

마약이 터진 부위까지 칼날을 내리긋고는, 위를 벌리며 손을 집어넣었다.

찌릭, 찌릭.

봉지 속 가루가 더 흘러나오지 않도록 조심스럽게 꺼낸 도수는 쟁반 위에 둘둘 싸인 비닐봉지를 올려놨다.

텅!

"엑티브 카본(Active Carbon: 활성탄)."

숯가루 성분의 활성탄은 지금처럼 중독 응급 상황에 남은 물질을 흡착, 제거하기 위해 쓰이는 가루였다. 지금 같은 경우, 이리게이션과 병행한다.

촤아악!

활성탄을 뿌린 도수가 흡인기를 가져갔다.

"석션."

시이이이이익!

물에 불어난 가루가 석션호스를 통해 빨려 나왔다. 위 속에 퍼진 가루를 꼼꼼히 제거한 도수는 손을 빼냈다. 그사이, 환자 바이털은 안정적으로 돌아와 있었다.

"조금만 늦었어도 즉사했을 거야."

휴 윌슨이 말했다.

그의 말처럼 약물이 치사량(致死量) 이상 퍼진 상태였다면 환자는 사망했을 것이다.

빨리 발견했고, 빠르게 수술한 게 다행이었다.

"네 말대로 됐군."

정영구는 하얗게 탈색된 안색으로 말했다. 도수가 수술 참여를 부탁하며 했던 말이 떠오른 것이다. '제가 필요하실 거예요' 분명 그렇게 말했다.

"왜 네가 필요할 거라고 생각했지? 아직 검사도 못 한 환자의 몸속까지 들여다봤을 리는 없고."

때론 툭 던진 말이 정답인 경우도 있다.

그러나 도수는 있는 그대로 대답하지 않았다.

"미세하지만, 체내에서 문제가 생기면 체외로 신호를 보내곤

하죠."

"……."

"제가 혈압이 떨어지기도 전에 환자가 경련하는 걸 보고 위 속에 수상한 약물이 있다는 걸 알아챈 것처럼요."

"그냥 보는 것만으로, 그렇게 예측했다고?"

"출혈로 인해 혈압이 급속도로 떨어지고 있는 환자 같지 않았어요. 일종의 감이죠."

"그렇군. 어떻게 알아봤는진 모르겠지만……."

정영구는 굳이 그 이상 묻지 않았다. 방금 그들이 겪은 상황은 도수를 칭찬하고 고마워해야 할 일이지, 추궁할 일이 절대 아니었기 때문이다.

"수고했다. 환자가 살아나서 다행이야."

도수는 고개를 끄덕였다.

"참, 경찰 불러야죠."

"이미 연락했습니다. 지금쯤 도착했겠네요."

간호사가 기다렸다는 듯 대답했다.

수술에 혼선을 빚고 있는 상황에서도 신고를 했다니.

"빠르네요."

그 말에는 정영구가 답했다.

"하루에도 총상 환자가 꼭 몇 명씩 들어온다. 총상 환자가 오면 경찰한테 먼저 연락을 하지. 여기 매뉴얼은 한국과는 좀 달라."

"그런 것 같습니다."

"어쨌든 수고했다. 그리고……."

"……."

"고맙다."

"별말씀을."

도수는 의료진을 보며 덧붙였다.

"모두 수고하셨습니다."

마취과 과장 휴 윌슨이 말했다.

"내 실수를 막아줘서 고맙네."

고개를 숙이자.

다른 의료진들도 한 명씩 순차적으로 목례를 하는 게 아닌가?

접하기 쉬운 광경은 아니었으나.

도수는 대수롭지 않다는 듯이 가볍게 고개를 숙여 보이곤 수술실을 나섰다.

도수, 그리고 정영구가 수술실 문을 열고 나가자 한 사람을 수갑 채운 경찰 다섯 명이 그곳에 기다리고 있었다. 방탄조끼를 입은 모습이 일반 경찰은 아닌 듯했다.

"DEA(Drug Enforcement Administration: 마약 단속국) 소속 보이드 파스칼입니다."

자연스럽게 배지를 보여준 히스패닉계 남자 요원이 덧붙였다.

"지금 수술실 안에 있는 자는 후아레즈 카르텔 조직에서 마약을 밀반입하기 위해 보냈다는 정황이 포착됐습니다. 국경 근처에서 총격전을 벌이다 총상을 입고 도주한 자입니다."

"그렇군요."

정영구가 대답하자 보이드 파스칼 요원이 물었다.

"그자는 어떻게 됐습니까?"

"살았습니다."

DEA 요원들이 안도의 한숨을 내쉬었다.

이내 정영구가 그들이 수갑을 채운 채 데리고 있는 남자를 보며 물었다.

"그럼 이쪽 분은……?"

"저희와 총격전을 벌인 자의 동료로 의심했던 자입니다. 갑자기 소식을 듣고 이렇게 달려왔는데, 혐의점이 없으니 풀어드릴 겁니다."

그가 고갯짓을 하자.

다른 요원들이 남자의 수갑을 풀어주려 했다.

바로 그때.

"혐의점이 없진 않은 것 같은데요."

모두의 시선이 그리로 향했다.

"누구신지……."

보이드 파스칼이 묻자, 수갑을 찬 남자를 빤히 보던 도수가 대답했다.

"닥터 이도수입니다. 몇 가지만 물어봐도 될까요?"

마약 밀반입을 하려 했던 장본인을 수술한 의사란 걸 감안한 보이드 파스칼이 대답했다.

"물론입니다."

그러자 도수가 자신을 쳐다보고 있는 남자에게 물었다.

"오늘 식사하셨습니까?"

눈알을 굴리던 남자가 고개를 저었다.

"안 했소. 근데 그게 뭐 문제라도 됩니까?"

"공복 상태시군요."

"그렇습니다."

"중추신경 자극제를 상습적으로 투여할 경우 식욕이 떨어지죠."

"……!"

다들 놀랐지만.

남자는 당황하지 않고 반론했다.

"단지 밥을 굶었단 것만으로 내가 마약중독자라고?"

그는 자신의 팔을 들어 올리며 말했다.

"한번 걷어보라고."

피식 웃기까지 한다.

하지만 도수는 웃지 않았다.

"일반적인 사람들은 항문에서 직장까지 대변으로 막혀 있습니다."

"그런데?"

"그쪽은 그 대장 안쪽에 다른 게 있는 것 같은데요."

샤아아아아아아.

도수의 눈이 빛났다.

그러자 대장 안쪽, 수술실에 누워 있는 환자가 삼켰던 것과 같은 약 봉지가 선명하게 보였다.

"항문을 통해 약을 숨겼습니까?"

"무, 무슨……."

콰악!

보이드 파스칼이 순식간에 남자의 안면을 벽으로 밀어붙이며
외쳤다.

"사실이냐?"

그러고는 동료들에게 말했다.

"확인해 봐."

DEA 요원들이 바지를 벗겼다.

버둥거리며 고래고래 소리를 지르는 남자.

이 광경에 멍하니 입을 벌리고 있던 정영구가 고개를 돌리며
물었다.

"어떻게 알았지?"

"직감이죠."

수술 때도 그렇고, 도수는 대답을 둘러댔다.

"…마약을 들여온 걸 빤히 알면서도 모른 척할 순 없잖아요?"

제4장

다윗과 골리앗

일련의 과정을 모두 지켜본 아사다 류타로는 혀를 내둘렀다.

'말도 안 돼.'

그가 신기한 건 도수의 실력이 아니었다. 실력이야 익히 알고 있었으니까. 매번 이렇게 긴박한 사건에 휘말리는 것이 신기할 따름이었다.

일단 해산해서 각자 업무를 보고 있던 아사다 류타로는 은근슬쩍 강미소에게 말을 붙였다.

"뭔가 싸하지 않습니까?"

강미소가 고개를 돌렸다.

"뭐가요?"

"마약 사건 말입니다. 그것도 카르텔이 활개 치는 멕시코 접경 지역인 엘 파소에서……."

"우린 의사예요. 병원에 온 환자를 치료했고. 그것뿐이에요."

그녀 역시 기분이 이상했던 것이다. 한국에선 보기 힘든 환자였기 때문이다. 그럼에도 스스로 위안하고 있었다. 이번엔 별문제 없이 엘 파소 병원에서 연수를 마칠 수 있으리라고.

그러나 아사다 류타로는 그 생각을 부정했다.

"느낌이 안 좋아요."

한숨을 내쉰 강미소는 고개를 저으며 대답했다.

"그 느낌이 틀리길 빌죠."

*　　　　*　　　　*

한편 도수는 병원 내에서 유명 인사가 되어 있었다. 부임 첫날부터 췌장암 3기 환자를 기사회생시킨 의사, 아무 사전 준비도 없이 '췌두십이지장절제술'이란 고난도 수술을 집도한 의사였기 때문이다. 거기다 마약상 검거까지. 그야말로 화려한 데뷔전이었다.

그 소식이 기자한테까지 들린 걸까?

매디 보웬에게서 연락이 왔다.

"매디."

―미국에 온 소감은 어때?

"이 정도면 B&W가 아니라 당신이 스토커 같은데요?"

―무슨 섭섭한 소릴. 네가 사건을 몰고 다니는데… 난 기자로서 할 일에 충실한 것뿐이라고.

"지나치게 소식이 빠르단 생각 안 들어요?"

—난 평범한 기자가 아니니까.

도수는 피식 웃었다.

"그래서, 이미 다 알고 있는 것 같은데."

—마약상이 잡혔다고?

"예. 마약상은 잡혔고 마약 유통책이었던 환자는 수술했습니다. 지금 어디예요?"

—엘 파소 병원에서 나오는 길.

도수는 고개를 갸웃했다.

"왜요? 저랑 직접 얘기하지 않고."

—병원에는 보는 눈이 많아. B&W 같은 제약 회사가 깊이 개입된 곳이기도 하고… 밖에서 얘기하자.

이해가 됐다.

지금까지 B&W의 행보를 고려했을 때 굉장히 용의주도했기 때문.

도수가 대답했다.

"퇴근하고 뵙죠. 장소는?"

—병원 맞은편 길 건너 커피숍.

"이따 뵙죠."

—오케이.

뚝.

전화를 끊은 도수는 병원을 둘러봤다. 둘러보고 느낀 것은, 아로대병원이나 천하대병원에 비해 응급실이 한적하다는 것.

환자가 한국보다 적어서?

그건 아닐 것이다.

단지 미국의 의료비가 매우 비싸기 때문이다. 그래서 보험 적용이 안 되는 응급실은 한적한 반면 보험 적용이 되는 병원은 대부분 예약제로 운영된다. 오죽하면 일반 진료를 보기 위해 몇 달씩 기다려야 하는 경우도 다반사였다.

이 부분에 국한해서 생각하면 참 거지 같은 나라다. 한국이 얼마나 의료제도가 잘되어 있는지 알 수 있는 대목이었다.

새삼 느낀 도수는 위 속에 마약을 품고 있던 환자를 찾아갔다. 그러자 환자 곁을 지키고 있던 보이드 파스칼이 알은체를 했다.

"닥터 리."

"환자는요?"

도수가 묻자 그가 말했다.

"막 심문하려던 참입니다."

보이드 파스칼이 옆으로 비켜서자 안색이 창백한 환자가 앉아 있는 모습이 보였다.

환자는 덜덜 떨고 있었다.

"저, 전… 그놈들과 아무 관련이 없습니다. 가족들한테 돈을 준다기에……."

"그럼 왜 우리한테 총격을 가했지?"

보이드 파스칼이 쌍심지를 켜자 잔뜩 겁을 집어먹은 환자가 대답했다.

"마약 반입은 중죄니까요. 전… 가족들에게 돌아가야 합니다… 돌아가겠다고 약속했습니다."

그 태도에서 안쓰러움이 묻어났지만 보이드 파스칼은 냉정했다.

"범죄는 범죄다. 마약 반입을 도운 것도 모자라 마약 단속국과 총격전을 벌였어. 공범이란 뜻이지."

"······."

환자는 말없이 고개를 떨구었다.

그를 빤히 응시하던 보이드 파스칼이 물었다.

"···하지만 우린 그리 꽉 막힌 사람들이 아니야. 법의 심판을 받아야겠지만 네가 어느 정도 협조하느냐에 따라 어느 정도 감경될 수 있다. 만약 이대로 감방에 간다면 넌 가족들 얼굴도 까먹을 만큼 푹 썩게 될 거야."

"아······."

환자의 눈꺼풀이 파르르 떨렸다.

내내 두 사람을 지켜보고 있던 도수가 물었다.

"몸은 좀 어떠십니까?"

"···괜··· 찮습니다."

씁쓸한 음성.

살아난 기쁨보다 앞으로 벌어질 일에 대한 두려움이 엿보였다.

환자는 도수에게 말을 잇지 않고 보이드 파스칼을 보며 애원했다.

"우린 가난하게 태어났습니다. 우리한테는 선택권이 없었어요. 제가 엘 파소가 아닌 후아레즈 병원으로 갔다면 마약상 놈들에게 죽었을겁니다. 아니, 지금쯤 제 가족들이 시체가 돼서 매달렸을지도 모르죠······."

그러자 보이드 파스칼이 도수를 보며 물었다.

"어떻게 생각하십니까?"

도수는 그의 표정에서 대답을 바라지 않는다는 것을 읽을 수 있었다. 그저 환자를 압박하기 위해 의견을 물어본 것뿐이다.

그리고 역시.

"전 헛소리 같은데요."

허나 도수는 그의 예상과는 다른 대답을 했다.

"…아마 사실일 겁니다."

그는 진심으로 그렇게 생각했다. 그리고 진실에 손쉽게 다가가기 위해선 상황을 똑바로 직시할 수 있는 통찰력이 필요했다. 이 부분은 도수가 도움을 줄 수 있는 부분이었다.

"그게 무슨 말씀이십니까?"

그 질문에 도수가 대답했다.

"환자 말처럼 단순한 운반책이 아니었다면 항문에 마약을 숨겼을 겁니다. 굳이 목숨 걸고 마약이 든 봉지를 삼키진 않았을 거예요. 만약 조금만 늦어졌다면 환자는 사망했을 겁니다."

더 정확히 말하면.

도수가 아니었으면 환자는 사망했을 터였다.

도수를 빤히 보던 보이드 파스칼이 환자에게 고개를 돌렸다.

"사실이냐?"

환자는 마치 암흑 속에서 한 줄기 광명을 만난 듯 도수를 쳐다보며 대답했다.

"마, 맞습니다. 제가 목숨을 걸었던 건 모두 그놈들한테 약속받았던 돈 때문이에요. 마약상 놈들은… 절대 목숨을 걸지 않습니다. 총에 맞아도 달아날 궁리를 하지, 총에 맞는 즉시 즉사할 수 있는 위치에다 마약을 숨기지 않아요."

"흐음."

보이드 파스칼은 일리가 있다고 느꼈는지 고개를 주억거렸다. 하지만 그의 입에서 나온 말은 그리 너그럽지 못했다.

"…그렇다고 해서 네 범죄가 정당화되진 않는다. 어쩔 수 없는 입장을 법 앞에서 인정받고 싶다면 협조해."

"……"

"네 가족들이 당하기 전에 우리가 잡아주마. 틱톡, 틱톡… 시간이 없다. 빨리."

보이드 파스칼이 시계를 보며 재촉했다.

그런 그를 보던 환자는 허탈한 웃음을 지으며 도수에게 시선을 옮겼다.

"DEA, 당신 때문이 아닙니다. 여기 이 선생님이 내 목숨을 살려주고 내 입장을 변호해 줘서 제가 아는 것을 말하는 거예요."

"그래, 뭐든."

보이드 파스칼이 건조하게 대답하자 그가 입을 뗐다.

"며칠 정도… 감금을 당했습니다. 그사이 마약상 놈들이 하는 얘길 들었습니다. 단순히 마약으로서의 효용가치가 아닌, 치료 약의 재료로도 가치가 있다고… 제가 운반한 이 약이면 지긋

지긋한 카르텔 간의 전쟁을 끝내고 멕시코를 하나로 통합할 수 있다고 했습니다. 혁명을 일으킬 수 있다고요."

"치료 약?"

보이드 파스칼과 도수가 동시에 물었다. 하지만 두 사람의 의도는 사뭇 달랐다. 보이드 파스칼은 금시초문이라 되물은 것이고, 도수는 '치료 약'이란 단어를 듣는 순간 짚이는 구석이 있었기 때문이다.

'설마……'

안 그래도 '심장 성형제'와 '마약'의 연관성을 의심하고 있던 참이다.

설마 B&W가 그런 만행까지 저지르진 않았으리라고 의심을 억눌렀지만 완전히 거둘 수는 없었다.

그사이 보이드 파스칼이 물었다.

"그리고? 또 아는 게 있나?"

"전… 말씀드렸다시피 운반책에 불과합니다. 이 이상 아는 바가 없습니다."

"이봐, 그따위 정보로는 아무것도 알아내지 못해. 네 처벌을 감경할 수도 없다는 뜻이다."

그 순간 도수가 개입했다.

"잠깐."

두 사람의 시선이 그를 향하자.

도수가 환자에게 물었다.

"혹시 심장 치료 약이라고 안 했습니까? 아니면 B&W란 이름이 나왔든지."

"B&W? 거긴 왜……."

보이드 파스칼이 눈을 치뜨는 그때.

곰곰이 생각하던 환자가 대답했다.

"B&W는 모르겠고… '심장'이란 단어는 들은 것 같습니다."

"이봐, 어떻게든 죗값을 줄여보겠답시고 막 둘러대면 안 돼. 알아?"

"저, 정말입니다."

"근데 왜 방금 전엔 얘길 안 했지?"

"선생님 말을 들으니까 생각이……."

이미 두 사람에게서 관심이 다한 도수는 한숨이 나왔다. 설마 했는데 심장 치료 약과 마약이 연관이 있다니. 점점 더 B&W가 가진 비밀과 가까워지고 있었다. 그리고 이 비밀은 단순히 몇 사람 목줄이 걸린 수준이 아니었다. 훨씬 더 큰 스케일의, 세계 굴지의 제약 회사인 B&W의 모든 것을 통째로 흔들 수 있는 어마어마한 비밀이었다.

물론 아직 이해가 안 가는 부분은 존재했다.

'굳이 왜……?'

대체 왜 이렇게까지 일을 벌린단 말인가?

도대체 이번 프로젝트를 통해 얻을 이익이 얼마나 크기에 이 같은 미친 짓을 벌일 수 있는 걸까?

…지금 윤곽을 드러내고 있는 모든 가설이 사실이라면 말이다.

머리가 복잡해진 도수가 말했다.

"두 분 말씀 나누세요. 전 먼저 가보겠습니다."

보이드 파스칼이 기다렸다는 듯 대답했다.

"그러시죠."

"……."

환자는 애타는 눈길로 도수를 보았지만 이건 DEA와 마약 운반책 간의 문제였다. 그가 개입할 여지는 더 이상 없었다.

"그럼."

짧게 목례한 도수는 병실을 나서서 담당 간호사에게 몇 가지 오더를 던져준 뒤 다시 업무에 치중했다. 그러나 생각이 많아서 그런지 좀처럼 집중이 되지 않았다. 결국 그는 퇴근 시간이 되자마자 기다렸다는 듯 병원을 나섰다.

병원 맞은편, 길 건너 커피숍에선 미리 와서 일을 보고 있는 매디 보웬이 기다리고 있었다. 그녀가 도수를 발견하고 환한 미소를 지었다.

"살이 더 빠진 것 같은데?"

"그보다 훨씬 중요한 일이 있습니다."

"흥분되네."

매디 보웬이 입술을 축였다. 지금껏 도수가 먼저 적극적으로 나서는 모습은 처음 보았기 때문이다. 의료 활동에만 집중하고 싶어 하는 그가 이렇게 대놓고 달려들 정도면 얼마나 큰 건일지 기대가 됐다.

그리고 도수는 그 기대에 충족하는 대답을 던져줬다.

"오늘 오전 수술한 환자를 DEA 요원이 취조하던 중 한 가지 사실을 알게 됐습니다. 환자 위 속에서 터진 마약이 심장 치료 약으로 쓰일지도 모른다는 것."

"뭐?"

매디 보웬이 눈을 치켜떴다.

"어떻게 그런 결론이 난 거야?"

"환자가 직접 얘기하더군요. 마약상들이 하는 이야길 들었다며."

"말도 안 돼."

"저도 그렇게 생각하지만……."

도수는 탁자를 톡톡 두드리던 손짓을 멈추고 덧붙였다.

"한번 알아봐 주세요. 저는 저대로 알아볼게요."

"어떻게?"

매디 보웬의 물음에.

도수의 눈빛이 달라졌다.

"방법이 있을 것도 같습니다."

바로 그때.

마치 그들이 진실을 알아낸 것에 대한 축포가 터지듯 도심에선 듣기 힘든 이질적인 총성이 들려왔다.

타앙!

탕! 탕! 탕! 타앙!

두 사람의 고개가 휙 돌아갔다.

총성의 발원지는 길 건너편 엘 파소 병원이었다.

*   *   *

도수와 매디 보웬은 엘 파소 병원을 향해 내달리고 있었다.

'잘못됐어.'

총성이라니.

도심 한가운데서, 생각지도 못했던 일이다.

라크리마에선 매일같이 들어왔던 총성이지만 이곳에서 듣는 총성은 굉장히 이질적이었다.

타타타탓!

길을 건너 병원 정문을 지날 때쯤.

전화벨이 울려 퍼졌다.

따르르르르르르.

"헉, 허억……."

도수가 숨을 고르며 전화를 받자.

수화기 건너편에서 목소리가 들려왔다.

─닥터, 총상 환자예요! 병원 주차장에서…….

"지금 갑니다."

말을 자른 도수는 전화를 끊었다.

숨이 차서 전화를 오래 이어갈 상태가 아니었다.

저 뒤에 한참 거리가 벌어진 매디 보웬이 보였다.

도수는 고개를 돌리고 다시 달리기 시작했다.

*　　　　　*　　　　　*

매디 보웬은 도수의 등을 보며 헉헉대고 있었다.

'뭐 저리 빨라?'

당연한 일이다.

도수는 지난 시간 동안 투시력을 오래 유지해 오기 위해 틈날 때마다 체력 단련을 해왔으니까.

일반인인 매디 보웬이 따라갈 수 있을 리 만무했다.

'그나저나 대체 무슨 일이야?'

아무리 엘 파소가 매일 총격전이 끊이지 않는 멕시코 국경과 인접한 동네라 해도 이곳은 국경에서 한참 떨어진 병원이다.

쉽게 총성을 들을 수 있는 지역이 아닌 것이다.

병원 안으로 들어가자 분주한 의료진들이 보였다.

"두부 총상이에요."

간호사가 다급하게 말하자.

도수가 환자를 향해 걸음을 재촉하며 물었다.

"상태는?"

"심각해요. 두 명이 머리에 총상을 입었고 한 명은 복부 총상이에요. 셋 다 출혈이 심해요. 이리로!"

도수는 사람들을 헤집으며 움직였다. 총격을 당한 환자들이 있는 곳으로 가자, 의료진이 지혈하고 있는 게 보였다.

"혈압 떨어집니다!"

"검사할 시간 없어요!"

"지금 두부 총상 수술 가능한 외과의는?"

"…모두 퇴근하고 닥터 정은 수술 들어가셨습니다!"

도수는 그들의 대화에서 상황을 유추할 수 있었다. 정영구가 두부 총상을 입은 DEA 요원을 먼저 데리고 수술실에 들어간 것이다.

남은 환자는 둘.

한 명은 마찬가지로 두부에 총상을 입은 마약상, 그리고 또 다른 한 명은 복부에 출혈을 일으키고 있는 DEA 요원이었다.

"둘 다 위급한 상태예요."

강미소였다.

그녀는 혼란스러운 표정이 역력했다. DEA 요원과 마약상. 누구부터 수술을 해야 할 것인가.

어느 한쪽도 시간을 지체하면 안 되는 상황이었다.

두 환자를 응시하던 도수가 말했다.

"강 선생님."

"예?"

"수술 들어가죠."

"네? 누구부터……."

"같이 갑니다. 한쪽은 강 선생이 맡아요."

"예? 그게 무슨……!"

강미소는 당황스러웠다. 그녀는 아직 집도의 경험이 없었기 때문이다.

그러나 도수는 침착하게 말했다.

"외상 수술 많이 해봤잖아요."

"…아무리 그래도."

"할 수 있습니다. 아사다 류타로, 정영훈 선생이 어시스트 서죠."

아사다 류타로와 정영훈이 고개를 끄덕였다. 그러나 여전히 문제는 남아 있었다.

정영훈이 물었다.

"강 선생은 나랑 들어간다 치고, 넌 어떡할 건데?"

작은 수술이 아니다.

다시 말해 혼자 감당할 만한 수술이 아니다.

실력 여하와는 관계없이 큰수술에는 반드시 동원되는 인력이 필요하다.

하지만 지금 이 병원에 남아 있는 인원은 간호사들이 대부분이었다.

반면 두 환자 모두 시간이 없다.

도수가 말했다.

"전 간호사들이랑 들어갑니다."

"하지만……."

"지금은 선택권이 없습니다."

"……."

맞는 말이었다.

그래도 의사가 아닌 간호사들이랑 손발을 맞추는 건 쉬운 일이 아니었다. 일일이 코치를 하며 수술을 한다고 해도 간호사들의 본 업무가 아닌 이상 미숙할 수밖에 없다.

즉, 도수가 실력 발휘를 못 할 가능성이 크다는 뜻.

그럼에도 도수는 미동 없이 덧붙였다.

"환자 상태로 봐선 이대로 두면 둘 다 십 분 안에 어레스트 날 겁니다."

"……."

모두가 타들어가는 심정으로 말을 잃은 그때.

강미소가 대답했다.

"해볼게요."

다른 이들의 시선이 그녀를 향했다. 정말 이대로 진행할 생각이냐는 뜻. 그러나 강미소는 자신의 실력을 똑바로 인지하고 있었고, 뛰어난 써전인 아사다 류타로와 정영훈의 도움을 받는다 해도 이 수술이 쉽지 않다는 것을 받아들이고 있었다.

"두 분은 비전공이고 저도 서툴러요. 우리 모두 합심해도 살릴 수 있을까 말까예요. 다른 환자는… 센터장님이잖아요. 하실 수 있을 거예요. 그렇죠?"

도수는 고개를 끄덕였다.

"이쪽은 걱정 말아요. 하지만 한 가지. 해보는 건 안 됩니다. 해내야 돼요."

그녀의 어깨에 손을 올리자.

강미소는 일종의 전율을 느끼고 부르르 떨었다.

"해낼게요."

"쉬운 수술이 아닐 겁니다. 모르는 게 있으면 간호사를 제 수술실로 보내요."

"네……!"

강미소의 대답을 들은 도수가 다른 이들을 보며 지시를 내렸다.

"환자 수술실로 옮기겠습니다. 빨리!"

"예!"

모두가 일사불란하게 움직였다. 긴박한 상황과 도수의 실력에 대한 믿음이 맞물려 이뤄낸 호흡이었다.

차르르르르륵!

스트레처 카에 실린 환자들이 널찍한 응급환자용 엘리베이터로 들어가자 도수가 이근육의 어깨를 잡으며 말했다.

"한 사람이라도 더 있어야 합니다."

이근육은 그 말뜻을 알아들었다.

"저도 들어가겠습니다."

도수가 살짝 고개를 끄덕였고.

이근육이 지난 상황을 설명했다.

"갑자기 총성이 들리더니 세 사람이 실려 왔습니다. DEA 측이 용의자를 차에 태우던 중 총격을 받았다더군요. 아마 후아레즈 카르텔 짓인 것 같습니다."

"아무리 그래도 병원에서."

"그만큼 중요한 인물이란 뜻이겠죠."

중요한 인물?

그럴지도 모르지만, 도수는 왠지 '엘 파소 병원까지 와서 총질을 할 만큼 반드시 지켜야 할 비밀'이 있다고 생각했다.

물론 내색하진 않았다.

"지금은 환자한테 집중합시다."

"예."

곧 엘리베이터 문이 열리고 그들은 손을 소독한 후 수술복을 입은 채 수술실 안으로 들어섰다.

간호사가 장갑을 씌워주며 말했다.

"닥터, 환자 상태가 너무 나쁩니다. 맥박도 거의 안 잡혀요."

맥박이 거의 안 잡힌다는 것은 수술을 해도 살 확률이 그리

높지 않다는 것을 의미한다. 살아남더라도 회복하기 쉽지 않을 것이다.

그러나.

도수는 지금껏 이런 상황에서 포기해 본 적이 없었다.

그사이 마취를 마친 마취과 과장 휴 윌슨이 말했다.

"이제 옆방으로 건너가 봐야 해요. 이 환자도 위중한데… 마취과의 서포터 없이 혼자 할 수 있겠습니까?"

"해보는 데까지 해보죠."

도수는 짧게 대답했다.

그를 빤히 응시하던 휴 윌슨은 도수의 '해보는 데까지 해본다'는 말이 그냥 하는 말이 아니란 것을 알 수 있었다. 그의 차분한 눈동자 속에 가라앉은 이글이글 타오르는 불꽃을 본 것이다.

"…건투를 빕니다."

어깨를 두드린 휴 윌슨이 수술실을 나갔다.

그러자 도수가 환자한테 다가갔다.

샤아아아아아아아아아.

투시력을 쓰며 몸을 한 차례 훑자.

두부를 뚫고 들어간 총알이 보였다.

두피, 두개골, 경질막을 관통해 대뇌까지 깊게 파고들어 있었다.

다른 곳에 특별한 문제가 없다는 것을 확인했으니.

지체할 건 없었다.

"시작하겠습니다. 메스."

척.

스으으윽!

두피를 가르고.

도수가 말했다

"두피 클립."

그는 직접 두피를 고정하고 말을 이었다.

"개두기."

척.

도수는 총알이 뚫고 지나간 곳 주위로 구멍을 뚫고 전동톱으로 잘랐다.

지이이이이잉.

뼈 가루가 묻어 나왔다

"석션."

시이이이이익!

석션호스로 뼈 가루가 빨려 들어갔다.

덜컥.

두개골을 드러낸 도수의 시야로 경질막이 들어왔다.

"현미경 착용해 주세요."

간호사가 현미경을 씌워주었다.

그러자 도수가 말했다.

"메스."

턱.

도수는 예리한 칼끝을 정교하게 놀리며 세 개의 막을 절개하고 총알이 박힌 대뇌로 들어갔다.

"……!"

곁에 선 이근육이 놀란 표정을 지었다.

"이 정도면……."

살릴 수 있는 겁니까?

눈빛이 그렇게 묻고 있다.

그러나 도수는 대답 대신 지시를 했다.

"디섹터(Dissector: 귀이개 형태의 수술 도구), 포셉(Forceps: 집게 형태의 수술 도구)."

턱.

긴장감이 흘렀다.

뇌의 조직은 두부처럼 연해서 디섹터나 포셉을 조금만 잘못 놀려도 파일 수 있었다. 그 순간 환자는 장애를 안게 될 것이다.

그야말로 도수의 손기술에 모든 게 달려 있었다.

머리카락 한 올의 오차도 허용할 수 없는 영역에 들어서는 셈이다.

"……."

이를 지켜보는 이근육의 이마에도 땀이 흥건했다.

"믿습니다."

도수는 고개를 끄덕이곤 손을 놀렸다.

스윽.

디섹터.

그리고 포셉이 총알이 지나간 구멍을 따라 진입했다.

스으으윽.

도수의 시야가 미치는 범위는 총알이 들어간 입구까지였다.

그러나.

샤아아아아아아아.

투시력이 눈빛을 따라 쏟아졌다.

그러자 뇌에 난 통로가 선명하게 보였다.

원래 같으면 이 정도 상태에서 수술을 진행했겠지만.

도수는 투시력을 쏟아붓는 걸 멈추지 않고 더욱더 집중했다.

샤아아아아아아아!

'제발.'

투시력의 한계치가 더 넓어졌길.

약물의 '색깔'까지 구분이 됐던 것처럼, 현미경을 쓰고 처음 투시력을 썼을 때처럼, 시야가 더 정교하게 변하길 바랐다.

그 부름에 부응한 걸까?

도수의 눈에 그전까진 현미경을 쓰고 투시력을 써도 보이지 않던 것들이 보이기 시작했다.

샤아아아아아아.

뇌 표면, 뇌 실질의 혈관들뿐 아니라 그 안쪽의 혈관들까지 컴퓨터 칩의 회선들처럼 좍 뻗어나가기 시작한 것이다.

"······!"

거기서 끝이 아니었다.

마치 전구처럼 대뇌 전체가 투명하게 깜빡이고 있었다. 그것도 전부 다 다른 색깔로 깜빡이고 있다.

'이건······.'

도수는 그 색깔이 대뇌가 담당하고 있는 영역별로 구분되고 있다는 사실을 깨달을 수 있었다. 이미 해부학 공부를 할 때 대략적으로 어느 부분이 어디를 담당하는지 정도는 파악해 둔 덕분이었다.

"후."

짧게 숨을 뱉은 도수는 호흡까지 멈추곤 잠시 멈추었던 디섹터와 포셉을 미동(微動)이라고 하기에도 민망한 범위 속에서 놀렸다. 치명적인 곳은 최대한 피하며 한쪽 벽에 붙여서 진입하는 것이다.

그리고.

틱.

아주 미세한 감촉이 손끝을 통해 전해졌다.

총알에 디섹터와 포셉이 닿았다는 신호다.

'뺀다.'

이제부터가 중요했다.

총알이 회전하며 틈이 생기긴 했겠지만 디섹터가 포셉을 자칫 조금이라도 무리해서 넣다간 뇌 실질에 돌이킬 수 없는 흠집을 낼 수도 있기 때문이다.

슥, 스윽.

도수는 총알이 미끄러지지 않도록 디섹터를 걸치고 포셉을 놀렸다.

틱.

다시 한번 아주 미세하게.

총알이 포셉의 가랑이 사이로 들어오는 게 느껴졌다.

'됐다.'

투시력을 썼기에.

시선이 대뇌를 관통해 총알의 형태까지 아우르고 있기에 가능한 일이었다.

"후."

다시 한번 숨을 뱉은 도수는 진입할 때와 같이 호흡을 멈추고 포셉을 빼냈다.

바로 그 순간.

총알이 다 빠져나오기도 전에, 들려선 안 될 경고음이 들려왔다.

삐이이이이이익.

*   *   *

"닥터!"

"어레스트입니다!"

젠장.

그새를 못 참고 어레스트가 났다.

만약 도수가 어설픈 써전이었다면 놀라서 잡고 있던 총알을 놓치거나 뇌를 후벼 파는 실수를 범했을지 모르지만,

그는 침착했다.

"대기."

짧게 뱉은 도수가 그대로 총알 제거를 진행했다.

의료진들은 발을 동동 구르며 바이털 그래프와 환자를 번갈아 보았다.

심정지 시, 환자를 되살릴 수 있는 시간은 길어야 사 분 이내.

지금 흐르고 있는 1초, 1초가 골든아워였다.

그리고.

삼십 초가 넘어갈 때쯤 돼서야 총알이 밖으로 빠져나왔다.

텅!

쟁반에 총알을 던져놓은 도수가 즉시 외쳤다.

"AED(Automated External Defibrillator: 제세동기)!"

드르륵!

"환자 목 고정시켜요!"

이근육이 우람한 근육을 자랑하며 힘으로 환자가 머리를 꼼짝 못 하도록 억압했다.

그사이.

턱!

제세동기를 받은 도수는 망설이지 않고 외쳤다.

"백 줄 차지! 셧!"

쾅!

몸을 들썩인 환자는 여전히 묵묵부답이었다.

바이털 역시 '삐―' 소리를 유지하고 있는 상황.

"이백 줄! 셧!"

쾅!

그러자.

환자의 바이털이 살아났다.

삐. 삐. 삐. 삐.

"하……!"

"돌아왔습니다!"

"환자 살았어요!"

도수는 제세동기를 내려놓고 환자의 머릿속을 확인했다. 다행히 별다른 문제는 없었다. 모든 건 환자가 깨어나 봐야 확실해지겠지만 수술을 최소한의 대미지만 준 채 끝냈다.

"이제 회복하는 건 환자의 몫입니다. 타이 하죠."

도수는 머리를 열던 과정과 반대로 총알이 뚫고 들어간 터널을 봉합했다.

스윽, 슥.

순차적으로 하나하나 봉합을 해나가는 손길이 정교하기 그지없었다.

이렇듯 머리를 다루는 일은 다른 부위보다 훨씬 더 세심해야 했다. 그럼에도 불구하고 고도의 집중력이 필요한 투시력을 쓰는 동시에 대뇌 속에 박힌 총알을 정확히 제거해 낸 그였다. 지금처럼 투시력을 쓰지 않은 상태로 봉합하는 일쯤은 어렵지 않았다.

스슥.

봉합을 마친 도수가 고개를 들었다.

"수고했습니다."

"수고하셨습니다!"

의료진의 눈빛은 수술 전과 또 달라져 있었다. 볼 때마다 놀라운 실력이기 때문이다. 더욱이 홀로 집도하며 간호사들과 손발을 맞추는 것은 여러 명의 의사가 참여한 수술보다 어려울 수밖에 없었다. 하지만 이런 페널티는 도수에게 전혀 영향을 주지 못했다.

"환자 옮겨주세요."

그 말을 남긴 도수는 쉴 틈 없이 수술실 문을 열고 나갔다. 지금 수술을 하고 있는 강미소, 아사다 류타로, 정영훈. 그리고 먼저 수술에 들어간 정영구의 수술 결과가 신경이 쓰였다.

수술실을 나서기 무섭게 가장 먼저 맞닥뜨린 건 DEA 요원들이었다.

"닥터!"

"어떻게 됐습니까?"

도수는 눈으로 책임자를 찾았지만 보이드 파스칼은 보이지 않았다.

'설마……'

바로 그때.

귀에 익은 목소리가 들려왔다.

"닥터 리."

보이드 파스칼이었다.

다행히 총을 맞은 DEA 요원은 그가 아닌 모양이다.

"…수술은 잘 끝났습니다. 예후는 지켜봐야겠지만요."

고개를 끄덕인 보이드 파스칼이 말했다.

"그놈이라도 꼭 살려야 합니다. 죽으면 안 돼요. 그놈이 키를 가지고 있습니다. 이 일로… 우리 요원 한 명이 순직했습니다."

도수는 심장이 철렁했다.

마약상 주제에 미국 마약 단속국 요원까지 건드리다니.

그야말로 간이 배 밖으로 나온 놈들이다.

아니나 다를까, 자리를 떠나지 않고 수술 결과를 말해주고 있던 정영구의 모습이 눈에 들어왔다. 그는 처음 만났을 때처럼 자신만만한 표정이 아니었다. 암담한 얼굴로 말했다.

"네 환자라도 살아서 다행이다."

"……."

"네가 들어갔다면… 이쪽도 살았을지 모르는데."

원래 이런 말을 할 사람이 아니었기에 수술 과정에서 마음에 걸리는 상황이 있었던 듯했다. 그러나 도수는 고개를 저었다.

"닥터가 못 살렸다면 누가 들어갔다 해도 힘들었을 겁니다."

진심이었다.

함께 수술해 본 결과 정영구는 이미 정점에 가까운 실력을 가진 써전이었다. 그건 메스 잡는 각도만 봐도 알 수 있다. 더욱이 방금 전과 같은 신경외과수술은 그의 전공. 그런 그가 살려내지 못했다면 도수라고 해서 큰 차이를 만들진 못했을 터였다.

그저 환자 운이 좋았을 뿐이다.

대부분 수술 도중 사망하는 뇌출혈 환자는 출혈이 너무 심하기 때문. 그나마 도수의 환자가 출혈이 덜해서 산 것이다.

결코 써전의 실력 차가 결과를 만들진 않았지만, 정영구는 도수의 어깨를 두드렸다.

"고맙다."

쓸쓸하게 몸을 돌려 멀어지는 그.

그에게서 눈을 뗀 도수가 '수술 중'이라고 써 있는 전광판을 확인했다.

그리고 잠시 후.

'수술 중'이란 문구가 '회복실 이동 중'이라는 문구로 바뀌며 드르륵, 수술실 문이 열렸다.

환자가 살았다는 뜻.

"후."

문밖으로 나선 세 사람은 상반된 표정이었다. 강미소는 머리를 한 대 맞은 것처럼 멍한 표정이었고, 아사다 류타로는 침착했으며, 정영훈은 전에 없이 진지했다.

그중 정영훈이 입을 열었다.

"수술은 잘됐습니다."

언제 진지했냐는 듯 장난기 넘치는 얼굴로 환하게 웃는 그.

그를 돌아본 강미소가 말했다.

"왜 이런 실력을 가지고……."

"쉿."

정영훈이 빙긋 웃었다.

"비밀이다. 우리 아버지가 싫어하시거든."

"뭐를요? 수술하는 걸……?"

"아니, 내가 성형외과로 간 걸."

"……."

도수는 의외였다.

집도의는 분명 강미소였는데?

"어떻게 된 겁니까?"

"정영훈 선생님과 아사다 선생님이 거의 다 하셨어요."

그녀는 어울리지 않게도 시무룩하게 말했다. 아마 그녀가 어리숙하게 대처했을 테고, 정영훈과 아사다 류타로가 본격적인 수술을 주도한 것 같았다.

'정영훈 선생의 실력은… 의외다.'

그를 바라보는 도수의 눈빛이 조금 달라졌다. 그저 말 많고 장난기 넘치고 써전으로서의 욕심은 그다지 없는 남자인 줄 알았는데, 역시 사람은 겉만 보고 알 수 없다는 생각이 들었다.

한편 두 차례의 희소식을 들은 DEA 요원들은 가슴을 쓸어내렸다.

보이드 파스칼이 말했다.

"…정말 엘 파소에 이렇게 유능한 분들이 계신 줄 몰랐습니다. 이 병원이 아니었더라면… 모두 사망했을지도 모릅니다."

아마 그랬을 것이다. 순식간에 여러 명의 중상 환자가 터졌을 경우 제때 조치하지 못하고 골든아워를 놓치는 경우가 허다하기 때문.

도수가 물었다.

"대체 어떻게 된 겁니까? 어떻게 텍사스 관할인 엘 파소에서 멕시코 카르텔들이 버젓이 총을 쏠 수 있는건지……."

"닥터가 항문의 마약을 찾아낸 그놈… 방금 수술하신 그놈은 우리가 오랫동안 쫓고 있었던 카르텔의 중책을 맡고 있는 놈입니다. 이름은 후안 카르도나. 악랄한 놈이죠."

"입막음을 하려고 제거한 거군요."

"그렇습니다."

라크리마에서도 비일비재했던 일이다.

더 관심을 두지 않은 도수가 말했다.

"아마 당분간은 정상적인 소통이 힘들 겁니다. 그보다 더 상태가 안 좋을 수도 있고요."

"그렇군요……."

"반대로 좋을 수도 있으니 너무 염려치 마십시오."

아직은 한 가지 가능성일 뿐이지만 정상 생활이 가능할지도, 저들 카르텔끼리 떠들었다는 '제약 회사'에 대해서도 밝혀낼 수 있을지도 몰랐다.

"알겠습니다."

고개를 끄덕인 보이드 파스칼이 말했다.

"그리고… 이런 사건에 연루되게 해서 죄송합니다."

"연루요?"

도수는 의사였다.

죽어가는 환자가 있었고, 살렸을 뿐이다.

그런데 연루라니?

"전 의사입니다."

"알고 있습니다. 하지만 놈들은 그렇게 생각하지 않을 겁니다. 입막음을 위해 DEA까지 건드렸어요. 다시 말해 미국을 건드린 겁니다. 그걸 감수하면서까지 지켜야 할 뭔가가 있다는 뜻이죠. 그런데 닥터께서 놈들이 죽이려 했던 자를 살려냈습니다. 워낙 집요하고 잔인한 놈들이고, 그런 행위들로 조성한 공포를 적절히 이용하는 놈들이라… 이 일은 비밀로 하겠지만 조심하시는 게 좋습니다. 저희 쪽에서도 요원을 붙여 드리죠."

도수가 미간을 찌푸렸다.

"저를 노릴 수도 있다는 뜻입니까?"

보이드 파스칼이 고개를 주억거렸다.

"아마도요. 현 상황이 보도된다면 더 위험이 커질 테니 당분간 비밀로 하는 게 좋을 것 같습니다."

"알겠습니다."

도수는 굳이 자신의 공로를 방방곡곡 떠벌릴 생각이 없었기에 냉큼 수긍했다.

마약상들과 가까워지는 건 사양이었다.

보이드 파스칼이 못내 걱정되는지 물었다.

"워낙 정보력이 뛰어난 놈들입니다. 밀수에 마약까지 불법적인 거래를 하려면 어쩔 수 없죠. 혹 돌아가실 의향이 있으십니까?"

"아직은 아닙니다."

심장 성형술이 필요한 환자들이 오기로 되어 있었다. 환자들 치료도 시급하지만, 그 일을 해내야 B&W의 심장 성형제에 대한 단서를 밝혀낼 수 있을 것이다.

보이드 파스칼 역시 더는 채근하지 않았다.

"알겠습니다. 증인 보호 프로그램에 넣어드리겠습니다."

"예."

대화는 거기서 일단락됐다.

다소 찜찜한 기분을 안고 인사를 나눈 도수는 그 자리를 벗어났다.

귀퉁이를 돌자 엿듣고 있던 매디 보웬이 보였다.

"다 들었어요?"

"물론. 정말 여기 남을 생각이야?"

"일단은요."

"……."

매디 보웬은 고개를 절레 젓고 말했다.

"그리 현명한 생각은 아닌 것 같은데."

"오래 안 걸릴 거예요. 그보다, 한 사람만 찾아주십시오."

도수의 말을 들은 매디 보웬이 눈을 치떴다.

"누구?"

"얼마 전까지 여기서 근무했던 병리학자가 있습니다. 이름은 다니엘 해로우."

그대로 받아 적은 매디 보웬이 고개를 끄덕였다.

"알아볼게."

"정보료는……."

"이 일이 끝나면 자연스레 받게 될 거야. 우린 파트너잖아?"

눈을 찡긋하는 매디 보웬.

도수는 피식 웃었다. 그가 아는 사람 중 그녀보다 정보가 빠른 사람은 없었다. 그것도 세계 곳곳의 정보들을 간파하고 있다. 마치 발 없는 전령이 그녀에게 각지 정보를 전달해 주는 것 같을 정도다.

"그럼 부탁드리죠. 최대한 빨리."

"오케이."

수첩을 덮은 매디 보웬은 빙그레 미소를 지었다.

*   *   *

멕시코 후아레즈에 위치한 대저택.

수영장 앞에 앉은 수염이 덥수룩한 남자가 입을 열었다.

"DEA 요원이 죽어?"

"예."

"후안 카르도나는?"

"살아 있다고 합니다."

남자는 탁자를 쾅 소리 나게 때렸다. 쟁반이 엎어지며 과일들이 수영장으로 떨어졌다.

"이런 빌어먹을! 대가리에 총알이 박힌 놈이 어떻게 살아 있어?"

"그게……."

"미국놈들한테 얘기해. 어떻게든 막아달라고. DEA 놈들이 미쳐 날뛰어서 내가 잡혀 들어가면 B&W도 무사하지 못할 거라고."

"…그렇게 전하겠습니다."

"빌어먹을."

남자는 계속 욕지거리를 씹어뱉었다. 이번에 DEA를 건드린 것은 원래부터 계획된 일이 아니었다. B&W와의 거래에 대해 알고 있는 후안 카르도나가 잡히는 바람에 어쩔 도리가 없었다. 그래서 미국까지 가서 머리에 총알을 박았는데, 죽어가던 놈이 기적처럼 살아난 것이다.

"누구지?"

"예?"

"우리 일을 망친 놈."

"아… 이도수라는 놈입니다."

"이도수?"

"예."

"미국 놈인가?"

"아닙니다."

대답한 부하가 재차 입을 열었다.

"…보스, 설마 그놈을 처리하실 생각이십니까?"

"그놈이 우리 물건을 찾아냈다면서?"

"예."

"후안 카르도나도 살렸고. 운반책도 살렸고."

"…예."

"매디 보웬, 그년도 만났다며."

"그렇습니다."

남자는 수영장에 둥둥 떠다니는 과일을 빤히 응시하다 말했다.

"매디 보웬 그년은 못 건드려도 그 의사 놈은 처리해야 돼. 그래야 똑같은 짓을 하는 놈들이 안 생긴다."

"하지만 지금 시기가……."

"매일 하던 일이잖아?"

"……."

"엘 파소에 있는 의사 놈 하나 납치해 오는 게 그렇게 힘든 일인가?"

"아닙니다."

"잘 들어."

남자는 부하를 또렷하게 쏘아보며 말했다.

"B&W와 우리의 관계가 드러나는 순간 둘 다 죽는다. 그 의사 놈은 분명 뭔가를 알고 있어. 미국놈한테 우리 일을 방해한다고 들은 적이 있는 이름이다. 그런 놈이라 우리 일을 캐고 있는 기자 년과 접촉하는 거야. 우리 소행인지 모르게 진행해."

"알겠습니다."

수하가 고개를 숙이자 자리에서 일어난 남자는 저택을 향해 몸을 돌렸다.

"이번엔 확실히 처리하도록."

* * *

며칠 후.

확장성 심근병증 환자가 처음으로 찾아왔다.

도수는 짧은 시간 내에 스스로 실력을 증명한 상태.

지난 일들로 병원 내에서 위상이 자연스레 올라간 그는 팀을 꾸리고 수술장을 세팅했다.

자신을 존 맥케넌이라고 밝힌 확장성 심근병증 환자가 도수에게 말했다.

"전 평생 이 병을 달고 살았습니다. 아니, 사실 이 병이 있는지도 몰랐죠. 그런데 청천벽력인 게 증상이 나오기 시작하면 언제 죽을지 모른다고 하더군요… 그리고 얼마 전부터 증상이 나타나기 시작했습니다. 전 지금 너무 괴롭습니다."

"…혼자 오신 건가요?"

"그렇습니다. 아내나 아이들은 이 사실을 모릅니다."

도수의 표정이 심각하게 굳었다.

"가족분들께 알리셔야 합니다."

"전 현재 이혼소송 중이에요. 아내가 모르게 수술을 받고 싶습니다."

"……"

도수는 그가 왜 아내나 아이들에게 말하지 않는지 충분히 이해할 수 있었다. 이미 갈라서기로 한 이상 걱정을 끼치고 싶지 않을 것이다. 동정받고 싶지도 않을 터였다. 하지만 그렇다 해도, 의사는 상담에 있어서 내담자에게 너무 과몰입하면 안 된다. 현실만을 직시해야 한다.

그래서 말했다.

"큰수술입니다. 모든 수술이 그렇겠지만, 수술 결과를 장담할 수도 없고요."

"……"

"말씀하셔야 합니다."

"하지만……"

"그래야, 가족분들도 후회하지 않으실 거예요."

도수는 의자에 앉으며 그와 눈높이를 맞췄다.

"저도 부모님이 갑자기 돌아가셨습니다. 한 번이라도 더, 조금이라도 더 함께 시간을 보낼 수 있었다면 얼마나 좋았을까 하는 생각을 항상 했습니다. 아니, 지금도 종종 합니다."

"……."

"만에 하나라도 선생님이 떠나시게 되면, 남는 사람들은 평생 잊지 못할 후회를 안게 됩니다. 그래도 말씀하지 않으실 건가요?"

그 순간.

존 맥케넌의 눈에서 눈물이 떨어졌다.

한참 동안 흐느끼던 존이 고개를 들고 물었다.

"그렇게… 힘든 수술인가요? 전 죽을 확률이 더 큰 겁니까?"

"아뇨."

도수는 고개를 저었다.

"저희 팀이 최선을 다해 선생님을 치료할 겁니다. 하지만 치료에 있어서 백 퍼센트란 건 없어요. 우리 몸은 미지의 영역입니다. 단지 그뿐입니다."

"정말입니까? 정말 그것뿐인 겁니까?"

"예."

도수의 어조는 확고해서, 존 맥케넌은 어깨에 힘이 들어갔다. 그는 도수의 손을 덥석 붙잡으며 말했다.

"…알겠습니다. 선생님 말씀대로 가족들한테 알리겠습니다. 하지만 꼭 살려주셔야 합니다. 가족에게는 제가 죽어가는 모습을 보이고 싶지 않아요."

그것이 두려웠으리라.

자신이 죽어가는 모습을 보게 될까 봐.

그리고 그 모습을 보여주며 세상에 더 큰 미련을 남겨둘까 봐.

그렇다고 해도 외면해선 안 된다.

고통스러운 순간들을 견디는 편이 평생을 후회란 고통 속에 사는 것보단 낫기 때문에.

도수는 그 후회를 직접 경험해 봤기에 환자한테 알리는 쪽을 권한 것이다.

그는 존 맥케넌과 맞잡은 손에 힘을 주었다.

"최선을 다할 겁니다."

*   *   *

이후로도 확장성 심근병증 환자들이 속속들이 도착했다. 도수는 수술 일정을 잡았다. 병의 진행도가 더 빠른 사람부터.

그러나 반발이 있었다.

"센터장님, 환자들이 왜 바로 수술 들어가지 못하냐고 컴플레인을 걸고 있어요."

"……."

다들 급할 것이다.

자기 자신이 우선일 터였다.

그건 당연한 거다.

하지만 도수 입장에선 모두 같은 환자고, 모두 중요한 환자였다. 수술의 성공률을 높이기 위해선 수술 순서를 조율해야만 했다. 확장성 심근병증에 필요한 심장 성형술을 할 수 있는 의사가 도수밖에 없기에 동시에 수술하는 건 불가능했다.

"제가 얘기하죠."

"가장 크게 반발하는 환자는 수잔 제임스예요. 27세 여자 환자고 미국 상원의원 벤 제임스의 영애입니다."

강미소의 말을 들은 도수는 고개를 끄덕였다. 미국 상원의원이라면 어마어마한 권력을 가진 사람이다. 그런 인물의 딸이 컴플레인을 걸었으니, 엘 파소 병원에서 난리가 나도 이상하지 않다.

"알겠습니다."

도수는 VIP 병동으로 올라갔다.

수잔 제임스, 그리고 상원의원 벤 제임스가 병실에서 그를 기다리고 있었다.

벤 제임스는 도수를 보자마자 말했다.

"얼굴 보기 힘들군요."

"환자가 갑자기 몰렸습니다."

도수가 가볍게 목례하며 말하자 벤 제임스가 미간을 좁혔다.

"나와 우리 가족을 이런 식으로 대우하는 병원은 없소."

"저는 의사고, 모든 환자들을 동등하게 대해야 합니다."

도수는 눈 하나 깜짝하지 않고 정론을 말했다. 그 태도가 벤 제임스의 심기를 건드렸다.

"내가 원하는 건 간단해요."

그가 강한 어조로 말을 이었다.

"수술 순서에 있어서 내 딸이 우선이 돼야 할 겁니다."

그러나 도수는 고개를 저었다.

"불가합니다."

"어째서?"

"따님은 병의 진행도가 느린 편입니다. 아직 증세가 나타나지도 않았고요. 그보다 더 위급한 환자들이 많습니다. 더구나 그들이 따님보다 먼저 찾아왔고요."

"부모의 심정을 아시오?"

"……."

"난 자식을 위해 모든 걸 할 수 있어요. 내 의원직을 걸고 말입니다."

벤 제임스는 빈말을 한 것이 아니었다. 도수는 그의 말투와 표정에서 그 같은 사실을 느낄 수 있었다. 그렇다고 해도 도수의 입장은 완고했다.

"이렇게 하죠."

그가 수잔 제임스를 일별하고 덧붙였다.

"저 역시 의원님의 마음을 모르지 않습니다. 그리고 저 또한 환자를 반드시 살려야 하는 사명을 가진 의사입니다. 그러니 따님이 회복하실 수 있도록 최선을 다할 겁니다."

"선생은 분명 사명감 있는 의사예요. 그걸 모르지 않으니 먼 길 찾아온 겁니다. 나 역시 국민을 위해 일하는 사람이니 선생의 마음을 공감합니다. 하지만 그렇기에 더 잘 알 수 있어요. 선생이 가진 사명감은 결코 부모의 마음만큼 간절하지 않습니다."

위험 발언이었다.

그 스스로 국민을 자식같이 생각하지 않는다는 뜻이니.

국민을 생각하는 마음보다 내 가족을 생각하는 마음이 훨씬 깊고 크다는 의미다.

"……."

"내가 얼마나 간절한지 아시겠소? 오늘 선생과의 대화가 순조롭게 이뤄지지 않는다면 난 엘 파소 병원을 통해 내 딸을 수술받게 할 겁니다."

그렇게 말하면서도 못내 불안한지 덧붙였다.

"의사란 사람이 환자를 허투루 수술하진 않겠지. 만약 과정 중 미비한 부분이 발생하거나 어떤 사고라도 생긴다면 그 책임은 선생이 져야 할 거예요. 내 모든 걸 걸고 약속하겠소."

"아빠."

수잔 제임스가 벤 제임스의 팔을 잡았으나, 벤 제임스는 딸에게 말했다.

"가만히 있어라. 내가 알아서 하마."

"…예."

도수는 부녀를 보며 한숨을 내쉬었다. 막강한 권력을 가진 사람들은 궁지에 몰렸을 때 대부분 두 가지 태도를 취한다. 자신의 권력을 이용해 상대를 설득하거나 자신의 권력을 이용해 상대를 압박하거나. 그건 라크리마나 한국이나 마찬가지였다. 그리고 이곳 미국에서도 같은 일이 벌어지고 있었다. 이러니 같은 병을 가진 환자라도 부유층의 생존율이 저소득층보다 훨씬 높은 것이다.

대부분의 의사들 또한 이러한 현실을 받아들인다. 받아들이지 못하면 도태되기 때문이다. 그러나 적어도 도수는 달랐다. 지금까지도 그랬고, 앞으로도 그럴 터였다.

"말씀하신 게 맞습니다."

도수의 말을 들은 벤 제임스의 얼굴에 '그럼 그렇지' 하는 표정이 떠올랐지만.

도수의 말은 끝나지 않았다.

"전 환자를 허투루 생각하지 않습니다. 어떤 환자든 그건 마찬가지입니다. 그게 마약상이든 교황이든 같은 잣대에서 최선을 다합니다. 그 결과에 대한 책임 또한 언제나 감수하고 있습니다. 만약 제가 책임을 회피할 생각이라면 전 그 순간 메스를 내려놓을 겁니다. 하지만 그렇기에 의원님의 말씀은 제 결정에 어떤 영향도 줄 수 없습니다."

"무슨 뜻인지?"

"제게는 상원의원님의 따님도, 3D 직종에 몸담고 있는 환자도 모두 똑같은 환자라는 말입니다. 의원님께서 엘 파소 병원을 통해 저를 압박하셔도 그 사실은 변하지 않습니다."

"…지금 내게 결정을 바꾸지 않을 거다 통보를 하는 겁니까?"

"그렇습니다."

도수는 조금도 태도를 바꾸지 않고 당당하게 말을 이었다.

"의원님은 아버지로서 따님을 위해 최선을 다하십시오. 엘 파소 병원에 이야길 하든 어떤 다른 수단을 쓰든 관여하지 않겠습니다. 다만 저 또한 의사로서 제 신념을 지킬 겁니다."

"……!"

벤 제임스는 적잖이 놀랐다. 지금껏 상원의원직에 오르고 나서 어딜 가든 자신에게 이런 대응을 하는 상대는 없었기 때문이다.

반면 수잔 제임스는 뒤에서 눈을 반짝이고 있었다. 그녀 또한 아버지한테 이런 식으로 나오는 상대는 처음 보았다. 평생 처음

겪는 상황이었다.

'…대단한 사람이야.'

그런 생각이 표정과 눈빛에서 묻어났다. 분명 자신이 우선적으로 치료받을 수 없다는 말을 하고 있는데, 왜 그런 태도 때문에 더 신뢰가 가는 걸까?

그녀는 아버지를 잡은 손에 힘을 주었다.

"아빠, 더 이상 설득하는 건 무의미한 것 같아요. 조금 더 기다려 봐요. 아직은… 괜찮아요."

"그럴 수 없다. 네 병에 대해 똑바로 알기는 하는 거니? 언제 증세가 나타나면서 심장이 멈춰도 이상하지 않단다. 내가 어떻게 손 놓고 두고 보란 말이냐. 그렇게 고통스러운 상황은 네 병을 알게 되었던 지난 몇 년이면 족하다."

도수는 그가 B&W의 '심장 성형제'를 복용시키지 않았다는 사실을 유추할 수 있었다. 일단 수잔 제임스의 상태를 투시력으로 보면서 직감했고, 그 생각은 지금 확신으로 변하고 있었다. 상원의원의 딸이 확장성 심근병증을 앓고 있는데 B&W에서 치료 약을 제공하지 않았다?

알다가도 모를 일이다.

그러나 도수는 고개를 흔들며 그 같은 잡념들을 털어냈다. 지금 중요한 건 눈앞의 환자를 대하는 데 집중하는 것뿐.

도수는 벤 제임스의 마음을 충분히 이해했다. 자신이 아버지라도 같은 선택을 했을지 모른다. 그에게 가장 중요한 건 어떻게든 딸을 위험에서 구하는 일일 테니까.

도수가 입을 뗐다.

"…어쨌든 제가 드릴 수 있는 말은 하나뿐입니다. 최선을 다할 겁니다. 제 모든 걸 걸고 따님을 치료할 겁니다."

"……."

벤 제임스는 도수를 노려보았다. 그러나 그는 스스로 기다리는 것 외에 다른 방법이 없다는 것을 인지하고 있었다. '심장 성형술'을 할 수 있는 건 도수뿐이기 때문이다. 전 세계에서 수술할 수 있는 사람이 도수 한 명뿐이라면 어떤 협박을 하든 아쉬운 쪽은 자신이라는 것을, 셈에 능한 정치인인 그는 본능적으로 깨닫고 있었다.

"약속해 주시오."

"……."

"내 딸을 살려주겠다고. 건강한 모습으로 되돌려 주겠다고."

대개, 도수는 환자한테 결과에 대해 함부로 약속하지 않았다. 그건 신의 영역이지 일개 의사가 관장할 수 있는 영역이 아니기 때문이다. 하나 지금 같은 상황에서 환자나 보호자가 바라는 것은 '진실'이 아니다. 그들의 마음을 끔찍한 고통 속에서 잠시라도 구해주길 바라는 것이다.

그걸 알면서도 의사들은 함부로 약속할 수 없다. 약속하는 순간 책임이 생기게 마련이니까. 환자를 잃는 순간 심리적 안정감과 절제력을 완전히 잃은 보호자들을 마주할 때가 있다. 그런 상황에서 보호자들은 물불 가리지 않는다. 책임을 전가할 누군가를 찾고, 원망할 누군가를 찾게 된다. 만약 의사가 '약속'을 했다면 모든 독박을 뒤집어쓰는 건 의사가 될 터였다.

그러나 도수는 말했다시피 책임이 두렵지 않았다. 환자나 보호자가 진실을 인지하고 있으면서도 잠시나마 고통 속에서 벗어나길 바란다면, 도수의 한마디로 인해서 잠시나마 불안감을 덜어낼 수 있다면 기꺼이 의사로서의 책임 정도는 내어줄 수 있다.

"약속하겠습니다. 제임스 양은 반드시 건강을 되찾을 수 있을 겁니다."

도수의 대답을 듣고서야 눈을 질끈 감은 벤 제임스가 말했다.

"…모든 걸 선생께 맡기겠소."

도수는 가슴 한편이 묵직하게 저며왔다. 그가 감당해야 할 것은 수잔만이 아니었다. 지금까지 찾아온 환자들, 또 앞으로 찾아올 환자들 모두 그에게는 모든 것을 걸고 반드시 회복시켜야 할 환자들이다. 그들을 수술해서 성공했을 때 얻을 영광 따위는 지금 느끼는 압박감에 의하면 아무것도 아니었다. 하지만 그가 나서지 않으면 환자들은 모두 절망감에 휩싸여 죽을 날만 기다려야 할 터였다.

어쩌면 환자들의 절망을 일정 부분 함께 짊어져 주는 것.

그 또한 사람을 살리는 의사로서 감수해야 할 의무라는 생각이 들었다.

이를 대가로 도수가 얻는 것은……

누군가를 되살리고 그의 삶을 되찾아주었다는, 돈이나 말로는 결코 환산할 수 없는 가치일 터였다.

*   *   *

도수는 매일같이 찾아오는 환자들을 상대했다.

때로는 진료를 보고 때로는 수술에 들어갔다.

그중에는 심장 성형술 대상자들도 있었다.

심장 성형술.

쉬운 수술이 아니었다.

첫발은 성공적으로 뗐지만 매 차례 고도의 긴장감을 요했다.

도수는 가진 모든 기술과 지식을 걸고 밀어붙였다.

그리고 그때마다 아슬아슬한 성공을 거두었다.

도수나 수술 팀 입장에서야 매번 생사의 고비를 넘나드는 환자들처럼 외줄을 타는 심정이었으나, 다른 이들 시선에선 마치 도수가 신의(神醫)처럼 보였다.

심장 수술 가운데에서도 심정지 상태에서 하는 수술은 첫손가락에 꼽히는 어려운 수술이었고, 그중에도 심장 성형술은 완벽히 성공한 사례를 찾아보기 힘든 초고난도 수술이었기 때문이다.

그 어려운 수술을, 도수는 번번이 성공으로 이끌었다. 말하자면 출항 때마다 신대륙을 찾아내는 나폴레옹을 보는 느낌이랄까.

그건 도수를 완벽히 신뢰하지 못하고 은근한 불신을 가지고 있던 정영구 역시 마찬가지였다.

"어떻게 봤습니까?"

그의 질문을 받은 것은 엘 파소 병원에서 흉부외과를 전공하고 있는 딘 로만이었다.

"믿을 수 없소. 역사상 이런 흉부외과의가 존재했는지도 모르겠군."

어느 정도 정영구도 동감하는 바였다.

"신경외과수술도 수준급입니다."

"수준급?"

딘 로만은 고개를 저었다.

"평가가 박하군. 그의 솜씨가 닥터 정 못지않다는 것은 나도 알고 있는 사실이오."

"……."

정영구는 그 말을 부정할 수 없었다. 그 역시 환자를 잃는 순간에 도수를 떠올렸기 때문이다. 잠시 말이 없자 딘 로만이 덧붙였다.

"인정해야 합니다."

"…예."

"그가 뭘 하든 난 그를 도울 생각이오."

정영구의 눈빛이 깊게 가라앉았다. 도수는 미처 의식하지 못하고 있는 듯하지만 그가 온 뒤로 엘 파소 병원의 주역들이 긍정적인 움직임을 보이고 있었다. 알게 모르게 전보다 더 적극적으로 환자 치료에 뛰어들고 있는 것이다. 마치 인턴 시절의 모습으로 돌아간 것 같았다. 심지어 그들 중 일부는 도수를 선망의 시선으로 바라보기까지 했다.

문득, 아버지가 한 말이 떠올랐다.

"자리가 사람을 바꾼다고 했지? 그 녀석은, 자신이 있는 자리를 자신이 있을 자리로 바꾸는 능력이 있다."

어찌 인정하지 않을 수 있을까.

천하대병원에서 적응하는 것보다 엘 파소에서 적응하는 게 힘들 수밖에 없었다.

단순히 인종차별이나 동양의학과 서양의학 간의 신경전 때문이 아니다.

이곳에서 천하대병원 인력은 언제고 떠날 '손님'이기 때문이다.

엘 파소의 터줏대감들은 결코 손님에게 정을 주지 않는다.

이는 정영구 또한 부임 후 몇 년간 계속 느껴왔던 것.

도수는 그 모든 선입견을 실력 하나로 돌파하고 있었다. 그것도 매우 단시간에, 성공적으로.

정영구는 묘한 질투심과 대리만족이 버무려진 감정 상태로 물었다.

"…어떻게 도우실 생각이십니까?"

"그가 다니엘 해로우를 찾고 있다더군."

"병리학자요?"

"그렇소. 그의 부탁을 받은 타임스의 매디 보웬 기자가 내게 물어왔소."

"그는 병원을 떠났지 않습니까?"

"나와는 계속 연락을 하고 있소."

"아……!"

정영구가 눈을 치떴다. 그러고 보니 두 사람이 제법 친밀한 관계라는 소문을 들은 적이 있었다. 그러나 평소 남 일에 개입하는 것을 좋아하지 않는 딘 로만이 기꺼이 이 일에 발 벗고 나서

줄 줄은 몰랐다.

"제가 알기로 다니엘은 자신의 소재를 비밀로 하고 싶어 한다고 알고 있습니다."

"맞소. 그가 이곳을 떠난 건 두려워서니까."

"두려웠다고요?"

딘 로만이 고개를 끄덕였다.

"깊게 알진 못하지만… 그는 일개 병리학자로서 연루되어선 안 될 일에 연루되었소."

"혹시… B&W와 관련된 일입니까?"

"아마도."

"……."

"……."

두 사람은 말을 잃었다.

그들이 B&W에 대해 아무것도 몰라서 참견하지 않은 것이 아니다.

아마 다른 병원의 몇몇 의사들이나, 그들보다 더 윗물에 있는 인물들은 B&W의 행보에 석연치 않은 구석이 있다는 정도는 파악하고 있었다.

그럼에도 섣불리 나서지 못한 이유는 B&W가 세계 최대의 제약 회사이기 때문. 그리고 자신들마저도 B&W의 약품을 오랫동안 써왔기 때문이다.

만약 B&W가 무너진다면?

이는 제약 회사 한 곳의 문제가 아닌, 해당 제약 회사의 약품을 쓰는 세계 각지의 병원들까지 싸잡아 의혹을 받게 될지도 모르는 문제였다.

고인 물은 흐르고 싶어 하지 않는다.

그들이 자리 잡은 지위와 권력을 보존하고 싶은 의사들 역시 현재 의사 사회가 이룬 균형에 균열을 초래하고 싶어 하지 않는다.

그 점을 상기한 정영구가 물었다.

"단순히… 닥터 리의 실력 때문입니까?"

"뭐가 말이오?"

"그를 돕는 게요."

딘 로만이 피식 웃었다.

"순진한 소리를 하는군. 이미 그는 이 문제에 우리가 보는 것보다 깊게 파고들었소. 세상의 모든 것에는 생명력이란 게 있지. B&W의 생명력도 여기까지인 건지… 닥터 리에게 뒤를 내주었소. 이미 꺼져 나가고 있는 제약 회사보단 앞으로 떠오를 태양에 편승하고 싶은 것뿐이오."

그는 정영구의 어깨를 두드렸다.

"닥터 정은 닥터 리와 친인척 지간인 걸로 알고 있는데 아무것도 모르고 있군……. 잘 생각해 보길 바라오. 그는 더 이상 일개 의사가 아니니까."

정영구는 딘 로만의 말을 어느 정도 납득할 수 있었다. 지금 당장에도 상원의원의 자제가 그의 치료를 기다리고 있다. 소문에 의하면 군부에 강력한 힘을 가진 할리 무어 장군과도 밀접한 관계라고.

그 모든 관계가 본인의 생명이나 가족의 생명을 매개로 이어진 관계다. 즉, 쉽게 깨질 인맥이 아니란 의미였다.

'단순히 우리 병원에 연수를 온 놈인 줄 알았더니… 태풍을 몰고 다니는 녀석이로군.'

정영구는 고개를 절레절레 저었다.

*   *   *

그 시각.

정작 태풍의 눈이 된 도수는 막 수술을 마치고 마지막 대기 순서로 기다리고 있는 수잔 제임스에게 찾아갔다.

휴가를 냈는지, 벤 제임스도 딸의 곁을 떠나지 않고 있었다.

"드디어 차례가 온 거요?"

벤 제임스는 속이 바싹 타들어간 상황이었다.

그리고 마침내, 도수는 그의 간절함을 채워줄 수 있었다.

"그렇습니다."

"아!"

벤 제임스가 수잔의 앙상한 손목을 잡으며 말했다.

"안 그래도 불안하던 참이오. 입원한 후 기다렸다는 듯 증세 가 나타나면서 병세가 악화되고 있으니."

도수는 그사이 투시력을 발휘한 상황이었다.

샤아아아아아아.

투시력이 강해지며 수잔 제임스의 심장이 반투명으로 뛰고 있는 모습이 눈에 들어왔다. 얼마 되지 않는 시간 동안 비정상적 으로 비대해져 있었다. 더 큰 문제는 심장이 비대해지면서 저절로 혈관에도 압박이 가해지고 있다는 것이다.

비대해진 심장이 있기에 그녀의 가슴 속은 비좁기 그지없었다.

여기서 가장 좋은 방법은 심장이식이었다.

본격적으로 심장이 붓고 증세가 나타났으니 이식 대상자가 될 수는 있겠지만 이식에 적합한 심장을 기다리려면 한참이 걸린다. 벤 제임스가 상원의원으로서 힘을 쓰면 그 시간을 단축할 수 있겠으나, 그렇게 한다 해도 기다릴 시간이 없었다.

결국 그녀를 치료할 방법은 도수의 심장 성형술밖에 없다는 뜻이 된다.

'내 예상보다 훨씬 상황이 안 좋다.'

도수의 표정에 그늘이 내려앉았다. 방금 전까지 수술을 했고, 급한 순서대로 수술한 것이 맞다. 그 덕분에 몇 사람의 환자가 더 살았다.

그러나 벤 제임스나 수잔 제임스에게 가장 중요한 것은 자신 때문에 살아난 사람이 몇 명이냐가 아니라, 본인들이 앞으로 행복한 삶을 도모할 수 있느냐다.

도수는 그에 대한 대답을 하기가 어려웠다. 어제와 오늘 병의 진행도가 달랐다. 수술 들어가기 전과 수술을 마치고 나온 후의 심장 모습이나 활력이 다르다.

매 순간 사진을 찍어서 확인할 수 없는 의사들은 미처 눈치채지 못하겠지만 도수는 투시력을 통해 이 같은 사실을 인지할 수 있었다.

"…빨리 들어가야 할 것 같습니다."

"아니, 이제 와서 왜 갑자기?"

"믿기 힘드실 수도 있겠지만."

도수가 말을 이었다.

"오늘 아침과 지금 또 다른 양상을 보이고 있습니다. 심장이 단시간에 비정상적으로 부어올랐습니다."

확장성 심근병증은 이런 일이 가능해서 무서운 병이다.

벤 제임스의 표정이 달라졌다.

"…나와의 약속은 잊지 않았길 바랍니다."

"예."

대답한 도수가 수잔에게 다가가 말했다.

"바로 수술 들어가실 겁니다."

"선생님."

"예."

수잔은 그를 빤히 응시하다 물었다.

"제가 살 가능성이 얼마나 되나요?"

"……."

도수가 대답할 말을 찾고 있자 그녀가 덧붙였다.

"곤란하시면 질문을 바꿀게요. 그동안 몇 명이 수술을 받았죠?"

"…열다섯 명입니다."

"성공률은요?"

"완쾌할 확률이 상당히 높습니다."

"전부 다요?"

"예."

수잔의 입가에 희미한 미소가 맺혔다. 이내 고개를 주억거린 그녀가 말했다.

"다행이에요. 지금까지처럼… 선생님의 판단이 이번에도 옳았 길 바라요."

"최선을 다하겠습니다."

도수는 이 순간 '실패한 이후'의 상황에 대해 생각하지 않았다.

눈앞의 존재는 이 나라 상원위원의 딸.

지금까지 벤 제임스의 태도를 고려해 볼 때 혹시라도 수술이 실패하면 결코 도수는 명예롭게 이 자리를 벗어나지 못할 터였 다.

어쩌면 소송에 휘말릴 수도 있고 의사 자격이 박탈될 수도 있 다.

한국에까지 영향력이 미칠지도 몰랐다.

그렇다 해도 모든 걸 각오했다.

모든 것을 각오하고 수술 순서를 바꾸지 않았다.

어쩌면 미국에 온 목적과 자신이 일구고 싶은 미래를 포기 해야 할지도 모르는 상황이었지만, 그는 이런 모든 고민을 버렸 다.

오로지 눈앞의 환자에게 집중하는 것.

그 마음 하나로 여기까지 왔다.

남들은 본인 욕심에 취해 빙빙 돌아가는 가시밭길을 도수는 오직 환자만을 응시하며 눈 돌리지 않고 이 자리까지 직진했 다.

그 선택이 있었기에 지금도 어떤 외부의 압력 없이 환자를 볼 수 있으므로, 그 선택에 대한 후회는 추호도 없었다.

"그럼."

가볍게 목례한 도수는 뒤돌아서 병실을 나섰다. 그리고 아사다 류타로, 강미소와 함께 직접 수술 준비에 참여했다.

수잔 제임스와 도수의 운명을 좌우지할 수도 있는 귀한 시간이 흐르고.

한 시간 후 도수는 수술실에 있었다.

마취된 수잔 제임스를 내려다보며.

도수가 손을 뻗었다.

"메스."

"……"

강미소가 메스를 건넸다. 그녀도, 아사다 류타로도 긴장하고 있었다. 지금부터 수술하게 될 환자의 신분과 지금 그들이 처한 상황을 모르지 않기 때문이다.

어떤 환자든 똑같이 보라.

모든 의사가 배우는 것이지만 실상 적용시키기는 힘든 주문이었다.

그래서 더 도수가 대단해 보이는 건지도 몰랐다.

도수만큼은 모든 상황과 살 떨리는 긴장감 속에서도 자유로워 보였으니까.

언제나 평정심을 유지하며 냉정한 눈길과 뜨거운 가슴으로 수술하는 것 같았으니까.

하지만 도수도 긴장을 한다.

샤아아아아아아.

특히 이렇게.

심장이 부어서 터져 나갈 것 같은 상황에선.

*   *   *

메스 날은 날카로웠다. 일회용이라 언제나 그 예기를 유지했다.

도수의 감각 역시 마찬가지였다. 일회용은 아니었지만 항상 예기를 잃지 않았다.

그리고 마침내 날카로운 칼날을 날카로운 감각으로 내리그었다.

스으으으윽.

피부가 두부처럼 잘려 나갔다.

흐트러짐 없는 칼질이었다.

도수의 주위는 전에 없던 기류로 가득 찼다. 다른 의료진들은 숨이 막힐 지경이었다.

'어떻게 매번……'

강미소는 감탄하지 않을 수 없었다. 그녀는 이미 도수의 수술에 여러 번 참여한 상황. 그럼에도 매번 느낌이 달랐다. 언제나 처음 수술실에 들어오는 기분이다. 환자 목숨이 하나뿐이듯 도수의 수술 역시 매번 한 번뿐인 수술이었다.

"톱."

피부를 열었으니 이제 뼈를 연다.

이로써 가슴을 완전히 열어젖혔다.

그 속에선 한껏 비대해진 심장이 뛰고 있었다.

개흉기로 열어젖힌 가슴을 고정한 도수는 심장을 노려봤다. 어디서부터 어떻게 요리해야 할지 투시력을 쓰는 내내 생각했다. 하지만 심장은 생각보다 복잡한 구조를 가진 대상이었고, 조금만 엇나가도 목숨이 날아갈 만큼 예민한 존재였다.

따라서 도수는 투시력을 늘려 썼다.

샤아아아아아아아.

체력이 물처럼 빠져나갔다.

그 전까지 바가지로 퍼서 버리는 정도였다면 이젠 아예 대야째로 쏟는 느낌이었다.

"후……"

나지막이 숨을 내쉰 도수는.

손을 뻗으며 말했다.

"보비."

턱.

본격적인 절제에 들어갈 차례였다. 잔뜩 부어오른 조직을 자르고 심장을 원래 크기로 만들어야 했다. 그러면서도 심장이 활력을 잃지 않도록 혈관을 재구성하고 근육을 붙여야 한다.

그때, 강미소가 물었다.

"심정지액은 언제 투입하실 거지……"

도수는 고개를 저었다.

"이대로 갑니다."

"예?"

뛰고 있는 심장을 수술한다는 뜻.

강미소는 선뜻 이해할 수 없었다.

"그러다 혈관이라도 건드리면 어떡하시려고요?"

이건 심각한 문제다. 만약 심장이 뛰는 상태로 수술하다 실수해서 환자가 죽어나갈 시, 이는 의료사고를 넘어 살인이 될 수도 있다.

그러나 도수는 심정지액을 투여하는 것이 위험하다고 판단했다.

"심 기능이 한참 떨어진 상태예요."

"……."

"심장이 한번 멎으면, 깨어나지 않을 수도 있습니다."

"아……."

강미소의 표정이 어두워졌다.

"그래도……."

그녀는 진심으로 걱정이 됐다. 언제 한번 도수가 난관에 부딪힐 수 있다고 계속 생각해 왔다. 도수는 언제나 대담하고 무모했다. 아직까진 대담한 쪽으로 치우쳤지만, 어느 한순간 무모한 선택을 하게 될 수도 있다. 그리고 그게 지금일 수도 있다는 직감이 들었다. 그는 너무 많은 수술에서 성공을 거두었고, 운이 다할 때가 지나도 한참 지난 상태였다.

그러나 도수는 이전까지 그랬듯 이번에도 오직 환자의 생존을 위한 선택을 했다.

"해보죠."

도수는 고도의 집중력을 발휘한 채 말했다.

"절제 시작합니다."

그걸 시작으로.

도수가 들고 있는 보비가 심장을 헤집기 시작했다.

치이이이이이익.

연기가 오르며 매캐한 냄새가 수술실 내에 진동했다.

'제발.'

강미소는 기도했다.

다른 의료진들도 마찬가지였다.

그저 아사다 류타로만이 말없이 도수의 솜씨를 지켜보고 있을 따름이다. 그는 조금도 흔들림 없는 표정으로 도수의 손놀림을 조금이라도 안 놓치겠다는 듯 시선을 고정시키고 있었다.

'심장이 움직이는 폭을 정확히 내다보고 있다.'

아사다 류타로는 지금 상황을 보고 있으면서도 이런 게 가능한가 싶었다. 그의 상식은 끊임없이 불가능을 외치고 있었다. 그런데, 실제로 불가능한 일이 눈앞에서 펼쳐지고 있으니 믿지 않을 수도 없는 노릇이다.

'어떻게?'

도저히 도수의 방식을 이해할 수 없었다.

그래, 백 보 양보해서 이전까지 도수의 실력을 감안했을 때 정말 보기 드문 감각을 가진 써전이라고 하자.

그렇다 해도 심장이란 건 사람에 따라 서로 다른 활동성을 가지고 있다.

심박수도, 움직이는 폭도 다르다.

쉽게 말해 계산하거나 감각으로 좇을 수 있는 종류의 것이 아니란 의미다.

한데 도수는 마치 창조주처럼 심장을 주무르고 있었다. 변수 그 자체인 심장을 정확하고 세세하게 들여다보는 듯한 눈길로 노려보며 보비를 놀리고 있었다.

치이이익.

잔뜩 부어서 터질 듯한 근육을 떼어낸다.

그러면서도 복잡하게 뒤엉킨 혈관은 스치지도 않고 있다.

'어떻게 이런 일이……'

아사다 류타로는 마치 기적을 보는 것 같았다. 인간의 힘으론 불가능한 영역에 한 발 들어서서 새로운 세상을 보는 듯한 기분이다. 지금 이 순간만큼은 꿈속에 있는 것 같았다.

'깨지 않길.'

조금이라도 더 보고 싶었다. 조금이라도 인간을 벗어난 신의 경지를 엿보고 싶었다. 그는 이 자리, 이 순간, 심장 수술의 권위자가 아닌 참관인으로 돌아가 있었다. 의대 시절 교수님들의 수술을 보며 열심히 뇌에 새기던 마음으로 회귀해 있었다.

"석션."

도수의 말에 아사다 류타로는 경건한 자세로 조금씩 번지는 핏물을 빨아들였다. 도수가 행하는 절제 범위에 비해 믿기지 않을 정도로 출혈량이 적었다. 이 모든 장면이, 순간순간이 기적이었다.

절제와 동시에 도수가 말했다.

"이식할 근육 준비해 주세요."

이미 여러 차례 손발을 맞춘 경험이 있는 아사다 류타로다. 그는 아쉬움을 삼키며 즉시 자리를 옮겨 환자의 신체에서 심장 근육을 대체할 근육을 떼어냈다.

그사이 도수는 수술을 계속했다.

샤아아아아아아.

투시력은 더 정교해졌다.

혈관들이 거미줄처럼 퍼져 나갔다.

스스스스스스스.

이런 적은 처음이었다.

그뿐만이 아니었다.

심장의 진동 폭이 눈에 잡혔다.

두근, 두근, 두근⋯⋯.

도수는 덜컥 두려움이 치밀었다.

'이게 무슨⋯⋯.'

한참 수술하면서 집중하느라 미처 의식하지 못하고 있었다. 이건 마치 뇌 활동이 인간의 경계를 벗어난 것 같았다. 과부하가 걸릴 것 같았다. 그 자신이 의사이기에 인간의 신체가 가진 한계를 알고 있었다. 한계를 넘으면 반드시 과부하가 걸리게 마련이다. 지금 딱 그 상태로 느껴졌다.

'그래도.'

도수는 환자의 심장을 쳐다봤다.

'살릴 수만 있다면.'

지금 그의 눈앞에는 한 명의 환자가 있었다. 이 환자를 회복시키는 데 모든 힘을 쏟을 것이다. 그 이후는 생각지 않았다. 매번 그런 각오로 살아왔고, 환자를 치료해 왔다. 그랬기 때문에 실낱같은 희망의 끄트머리라도 잡고 수술을 성공으로 이끌 수 있었던 것이다.

'할 수 있다.'

일시적으로 품었던 '겁'이 서서히 물러가며 굳건한 의지가 가슴을 채웠다. 심장은 단단해졌지만 오히려 어깨 근육은 이완되며 힘이 빠졌다.

"칼."

도수는 보비를 내려놓고 메스를 요구했다. 지금 이 감각이라면, 심장을 다시 만들라고 해도 할 수 있을 것만 같았다.

딱 그 절반.

심장을 재구성하는 정도면 된다.

"여기."

강미소가 메스를 건네주었다.

도수는 한참을 잡지 않고 환자의 심장을 주시했다. 머릿속에 앞으로 진행해야 할 수술의 설계도가 그려졌다. 그 설계도의 밑바탕은 투시력으로 보고 있는 환자의 심장 자체였다.

"센터장님?"

스윽.

메스를 받아 든 도수는 칼날을 심장으로 가져갔다. 수술을 진행하기 위해선 반드시 건드려야 할 혈관들이 있었다. 피해야 할 혈관도 명확했다. 그는 출혈이 발생할 시 막대한 위험이 몰아칠 것을 알았지만, 그 위험을 물리치고 머리에 구상한 설계도대로 칼날을 움직였다.

스으윽!

푸슉!

피가 튀었다.

"센터장님!"

"지금 뭐 하시는……!"

다들 눈을 부릅뜨며 놀랐다.

그러나 도수는 처음과 같이 평정심을 유지하고 있었다. 그는 빠르게 말했다.

"거즈."

"아……!"

"거즈!"

"예!"

거즈를 쑤셔 넣어 피를 제거하며 메스를 움직였다. 속도가 붙었다. 그 순간에도 정교함만은 전혀 떨어지지 않았다.

스으윽. 스윽.

손에 피가 흥건하게 묻어나왔다.

그러나 그는 멈추지 않았다.

"타이 할게요. 빨리."

봉합침과 봉합사를 받아 들고 손끝으로 타이를 시작했다. 동시에 출혈이 생긴 부분을 손바닥으로 지그시 누르며 지혈했다.

"와……."

의료진 중 누군가 탄성을 뱉었다. 경악은 놀람으로, 놀람이 다시 감탄으로 바뀌는 것은 순식간이었다.

강미소는 고개를 돌려 바이털을 확인했다.

묘하게 바이털이 안정을 찾고 있었다.

아니, 안정을 찾는다고 하기에는 혈압이 떨어지고 있었지만 마지노선이었다.

'말도 안 돼.'

급격히 하락하지 않는다.

모두 도수가 거즈 패킹과 손바닥으로 출혈점을 누르며 봉합을 하기 때문이다.

본 적 없는 신기였다.

앞으로도 볼 수 없을 것 같은 테크닉이었다.

하지만 혈압을 붙잡아둘 수 있는 것도 한계가 있다. 바이털을 잡아두는 것도 분명 어느 시점까지다. 도수는 일반적인 써전이라면 엄두도 못 낼 짧은 시간 안에 지금 하고 있는 작업을 완성시켜야 한다.

그래도.

'센터장님이라면······!'

강미소는 그런 기대가 생겼다.

분명 이론적으론 심장이 뛰는 와중에 출혈이 발생한 부분을 싹 다 꿰매고 혈관을 다시 재구성해 잇는 일이 불가능하다고 생각되지만.

이미 도수는 이론을 한참 뛰어넘은 상식 위에서 놀고 있었다.

도수라면 가능할 것이다.

그런 이상한 믿음이 샘솟았다.

다른 의료진들 역시 이러한 도수의 모습에 물들었는지 그녀와 같은 표정을 지은 채 도수가 수술하는 광경을 지켜보고 있었다.

누구 하나 막거나 버벅거리는 사람이 없었다.

도수는 그들이 탄 배의 함장이 되어 절대적인 신뢰를 받으며 이 수술을 이끌고 있었다.

슥, 스윽.

결찰절제를 했던 이름 모를 혈관들이 서로 이어지며 새로운 구도를 만들어내고 있었다. 기존에 뛰고 있던 심장과는 다른 구조로 심장이 재구성됐다. 더 황당한 것은 혈관이 터져 나가거나 당장 멈춰도 이상하지 않을 것 같은 심장의 출력이 늘고 있다는 점이다. 거기다 근육을 붙이니 심장이 힘차게 뛰었다.

이런 거다.

기존에 컴퓨터 회로의 1번 선과 1번 선이 서로 연결되어 있었다고 치자. 2번은 2번, 3번은 3번. 이런 식으로 연결됐다고 치자. 그 1번 선과 정확한 정체도 모르는 168번쯤 되는 선을 연결하고, 2번 선과 142번쯤 되는 선과 연결하는 것이다.

그럼 대개 에러가 나야 한다.

아예 작동이 안 되거나 아주 맛이 가야 정상이다.

한데 도수는 마치 컴퓨터를 훤히 꿰고 있는 장인들이 기가 막히게 회로를 재구성해 기능을 되살리듯 환자를 고치고 있었다.

인간의 몸은 컴퓨터보다 훨씬 더 복잡하고 많은 변수를 내포하고 있나.

마치 현대 과학에서도 모두 밝혀내지 못한 우주와 같다.

아직도 많은 부분이 미지의 영역으로 남아 있는 것이다.

그런데 도수는 수만 권의 의학 서적에서도 나오지 않는 혈관들과 근육들을 재구성해 환자의 심장을 살려내고 있었다.

"이런……."

아사다 류타로는 눈이 빠질 정도로 놀랐다. 충격을 받은 지 얼마나 됐다고 더 큰 충격이 휘몰아치고 있었다. 그 충격은 수술실 안을 가득 지배하고 있었다.

숨 막히는 긴장감.

도수는 그 가운데 새로운 영역으로 한 발 진입했다. 이전까진 삶과 죽음의 경계에서 가끔씩 엿보기만 하던 영역이었다. 이 영역에 들어서자 그전까지 느끼고 생각하고 보았던 모든 것들이 한 줌 먼지처럼 사라졌다.

환자와 도수.

지금 그에게 환자의 인체는 풀지 못하던 방정식을 풀어낸 것처럼 가슴을 활짝 펼친 채 자신의 모든 것을 드러내고 있었다.

*   *   *

삑. 삑. 삑. 삑.

환자 바이털은 흔들림이 없었다.

도수가 가슴을 닫을 때까지, 환자는 생기를 잃지 않은 모습으로 곤히 잠들어 있었다.

"고생하셨습니다."

도수가 말했다.

한 걸음 떼자.

비틀.

중심이 무너졌으나 그는 간신히 몸을 가눴다.

"괜찮으세요?"

강미소가 물어왔다.

도수는 희미한 미소를 보이며 고개를 끄덕였다.

"멀쩡합니다."

체력이 크게 소진돼서 그렇다.

마치 오래 앉거나 누워 있다 일어나면 일시적인 현기증이 나는 것 같은 현상일 뿐.

몸에는 문제가 없었다.

"환자 옮겨주세요."

그렇게 말한 도수는 수술 장갑을 벗고 수술실을 빠져 나왔다.

밖에선 수잔 제임스의 보호자인 벤 제임스가 기다리고 있었다.

"어떻게 됐습니까?"

"수술은 잘됐습니다."

벤 제임스가 휘청거렸다. 마치 도수가 수술을 마치고 몸을 일시적으로 가누지 못했던 것처럼.

그 역시 긴장이 풀린 것이다.

"…그렇다고 해도 좀 더 지켜봐야 합니다만. 일단 생사의 고비는 넘겼다고 보셔도 될 것 같습니다."

"아아!"

벤 제임스의 눈에서 눈물이 떨어졌다. 그가 딸을 생각하는 마음이 얼마나 깊은지 확인할 수 있는 대목이었다.

"고맙소. 고마워요."

뛰어난 달변가인 그조차 말을 부드럽게 이어가지 못했다. 목이 메어서 말이 턱턱 막히는 것이다.

도수는 벤 제임스뿐만이 아니라 수많은 환자들의 보호자들에게서 이 같은 반응을 목격해 왔다. 이런 순간이면 가슴이 뭉클해진다.

수술할 땐 냉철한 의사라도 뜨거운 심장을 가진 사람이다.

도수 역시 특별한 감흥이 생기는 건 마찬가지였다.

"일단은… 환자 곁에서 잘 돌봐주세요."

"…알겠습니다."

"그럼."

목례한 도수는 그를 지나쳐 엘 파소 병원에서 배정받은 방으로 돌아갔다. 지치는 수술이 끝났으니 잠시라도 눈을 붙일 작정이었다. 두어 시간 뒤 다시 있을 수술을 위해서라도 휴식은 반드시 필요했다.

방문을 열려는 순간.

간호사 하나가 전화기를 들고 달려들었다.

"선생님!"

"예."

"전화 좀 받아보세요."

창백한 안색과 잔뜩 굳은 표정.

초조함이 묻어났다.

도수는 불길한 느낌과 함께 전화를 받았다.

"여보세요."

―나야.

"매디 보웬?"

─전화기가 꺼져 있어서.

"수술 중이었습니다."

평소 같으면 결과라도 물었겠지만.

그녀는 그조차 묻지 않고 대뜸 말했다.

─후아레즈 병원으로 와줄 수 있어?

"거긴 왜……."

─네가 찾던 병리학자가 실려 왔다는 정보야. 총을 여섯 발이나 맞았다고…….

"예? 그게 무슨……!"

─나도 그쪽으로 가고 있는 중이야.

도수는 미간을 찌푸렸다.

"젠장……."

─그쪽 병원 의사들은 손도 못 대고 있다고 들었어. 네가 와줘야 할 것 같아.

도수는 후아레즈 병원 의사들의 실력이 부족하다고 생각하지 않았다. 멕시코 내, 미국과 연결되는 국경 인근에 위치한 병원이다. 후아레즈 상황을 고려할 때, 엘 파소보다 훨씬 많은 총상 환자들이 매일같이 들이닥칠 터.

그들이 손을 못 대고 있다는 것은, 그만큼 환자가 위급하다는 뜻이다.

"최대한 빨리 가볼게요."

─알겠어.

뚝.

메디 보웬이 전화를 끊었다.

도수는 그 즉시 발길을 돌려 정영구에게 찾아갔다. 정영구는 병동에서 환자 진료를 보고 있었다.

"잠시 저 좀 보시죠."

정영구는 눈살을 찌푸렸지만 환자 앞에서 감정을 드러내진 않았다. 함께 병실 밖으로 나온 후에야 불쾌한 표정으로 말했다.

"이게 무슨 짓이지?"

주치의로서 담당 환자를 보고 있던 중이었다. 그 상황에 난입한 것은 도수의 잘못이었다. 하지만 엘 파소 병원에 마땅한 인맥이 없는 도수 입장에서도 어쩔 수 없는 선택이었다.

"죄송합니다. 후아레즈 병원으로 지원을 갈 수 있을까 해서요."

"후아레즈?"

정영구는 전혀 예상치 못한 얼굴로 되물었다.

"거긴 왜?"

"총알을 여섯 발이나 맞은 환자가 있습니다. 전혀 손을 못 대고 있는 상황이고요."

"그쪽에서 지원 요청을 했던가?"

"아닙니다."

"아니면 그쪽에 의사가 없어?"

"그것도 아닙니다."

"그쪽에서 지원 요청을 하고 우리 병원으로 트랜스퍼를 한다고 해도 절차란 게 있는데, 아무런 요청이 들어오지 않았는데 그 환자 살리자고 후아레즈로 넘어가겠다는 거야?"

정확이 이해하고 있었다.

도수는 고개를 끄덕였다.

"그렇습니다."

그냥 환자가 아니었다. 후아레즈 병원에서 손도 못 대고 있는 환자다. 더불어 B&W의 핵심적인 정보를 물고 있는 장본인. 어쩌면 이번에 총격을 당한 것도 이 일과 연관이 있을지 몰랐다.

그러나.

"안 돼."

정영구는 칼같이 대답했다.

"네 멋대로 할 수 있는 일도 아니고, 내가 힘쓴다고 해도 들어 줄 수 있는 일이 아니다."

도수는 주머니 속에 보관해 둔 시계를 꺼내보았다. 정확히 언제 실려 갔는지는 모르겠지만 그리 오래되지 않았을 것이다. 그렇다고 해도 차로 국경을 넘으면 골든아워 내에 도착 못 할 확률이 컸다.

결국 헬기를 이용해야 한다는 뜻.

"부탁드립니다."

도수가 초조하게 말하자 정영구가 고개를 저었다.

"이런 일로 헬기를 움직이려면 최소 과반수 이상의 과장급 인사의 허가가 필요해."

"다른 방법이 없겠습니까?"

"……."

잠시 생각에 잠겨 있던 정영구가 대답했다.

"외상센터 당직 교수가 허가만 내어주면 가능할 텐데 오늘 당직이……."

그의 얼굴색이 변했다.

도수는 그 표정에서 방법이 생겼다고 확신했다.

"당직이 누굽니까?"

"흉부외과 과장."

"……?"

도수는 모르는 사람이었다. 하지만 정영구는 알고 있다. 흉부외과 과장이 도수를 적극적으로 도우려 한다는 것도.

'공교롭게 됐군.'

정영구는 흉부외과 과장의 말을 기억했다. 폭풍이 몰려오고 있으니 이제부터라도 줄을 잘 서라는 말을.

"…어쩌면 방법이 있을 것도 같다. 내가 한번 말해보마."

도수는 정영구의 얼굴을 살폈다. 적극적으로 설득해 줄지 확신이 서지 않았다. 하지만 전혀 생각이 없었다면 애초에 방법을 제시하지도 않았을 터였다. 도수는 그가 자신을 좋아하지 않는다는 것을 알고 있었지만, 정황상 어느 정도 믿음을 가질 수 있었다. 어차피 믿는 것밖에 선택지가 없기도 했다.

"기다리겠습니다."

고개를 끄덕인 정영구는 지체하지 않았다. 환자가 위급하다는 건 들어서 알고 있었고, 어차피 진행할 일이라면 미뤄서 좋을 게 없었기 때문이다.

환자에게 시간은 금이다.

정영구는 그 시간을 지키기 위해 발 빠르게 움직였다. 곧바로 핸드폰을 들어 흉부외과 과장에게 전화를 넣었다.

"접니다."

상대가 무어라 대답했고, 정영구는 도수가 말한 대로 상황을 설명했다.

도수의 표정에 안도감이 맺히고.

정영구가 대답했다.

"…예, 알겠습니다."

전화를 끊은 정영구가 도수를 쳐다봤다. 도수는 다시 시간을 내려다봤다. 그 모습을 빤히 응시하던 정영구가 한숨을 내쉬며 말했다.

"준비해서 출발해라."

"알겠습니다."

도수는 기다렸다는 듯 움직였다. 멀어지는 뒷모습을 보며 정영구가 고개를 내저었다.

"무시무시한 추진력이로구만."

그러니 사건 사고마다 현장에 나타나서 제 한 몸 던져가며 환자를 구했던 거겠지.

도수를 직접 만나게 된 후, 한동안 짬을 내어 도수에 대해 조사해 봤던 정영구는 혀를 내두를 수밖에 없었다.

도수는 완전히 상식 밖의 존재였다.

그리고 환자에 대한 그의 열정만은 의심의 여지가 없었다.

조사하는 것만으로도 흥미진진하고 가슴이 뛸 정도이니, 그의 삶이 얼마나 파란만장한지 추측할 수 있었다.

그도 그럴 것이, 그동안 조용하던 이곳 엘 파소도 도수의 등장과 함께 태풍의 눈이 되고 있었다.

"…피곤한 인생이야."

정영구는 최대한 얽이고 싶지 않았다.

이미 얽여 버렸다는 것을 실감하지 못하는 그였다.

*   *   *

도수는 응급실로 가서 천하대병원에서 온 의료 팀을 소집했다. 그리고 입을 열었다.

"출동 준비 해주세요."

그 말에 강미소가 물었다.

"출동할 인원은요?"

"저만 갑니다."

강미소가 고개를 저었다.

"저도 갈게요."

"저도 가고 싶은데요."

아사다 류타로가 거들었지만.

도수는 두 사람의 열의를 받아주지 않았다.

"아닙니다. 두 분은 여기 남아주세요."

강미소가 입을 삐죽 내밀었다.

"어디 가시는데요……?"

"후아레즈로 갑니다."

"멕시코요?"

"네."

"하지만……."

그녀는 보이드 파스칼이 도수에게 했던 말을 상기했다. 그는 도수의 안전을 걱정하며 증인 보호 프로그램에 넣어주겠다고 약속했다.

마약상들이 노릴지도 모르는 이런 상황에 멕시코로 가겠다니?

"…너무 위험해요. 차라리 환자를 이쪽으로 옮기는 게……."

"총알을 여섯 발이나 맞은 환잡니다. 수술도 못 들어가고 있어요."

옮기다가 사망할 확률이 크다는 뜻이다.

최대한 움직임을 줄이고 출혈을 막아야 한다.

그렇게 시간을 벌고, 도수가 최선을 다해 수술해도 생사를 장담할 수 없는 중태일 것이다.

"하지만……."

"항상."

도수가 입을 뗐다.

"우린 항상 목숨을 걸고 현장에 뛰어들었습니다. 기억하죠?"

"…예."

"그때도 환자가 죽어가고 있어서 그랬었고, 지금도 환자가 죽어가고 있습니다."

가겠다는 거다.

이렇게까지 말하면 아무도 막을 수 없다.

강미소가 말했다.

"그러니까 저희도 데려가세요."

"맞습니다. 그쪽 병원 사정이 어떤지도 모르는 것 아닙니까?"

아사다 류타로는 눈을 번뜩이고 있었다. 지난 수술 이후 다시 한번 도수의 실력을 확인하고 싶었다. 매번 수술실에 들어갈 때마다 발전하고 있었기 때문이다. 아니, 발전하는 게 아니라 원래 수술마다 색다른 모습을 보여주는 걸지도 몰랐다. 그러니 강미소나 다른 팀원들이 목숨 걸고 도수의 수술을 들어가고 싶어 하는 걸 테고.

그러나 도수도 이번만큼은 확고했다.

"그래서 더 함께 갈 수 없습니다. 그쪽 병원 사정을 모르니까요. 전 엘 파소에 친한 사람이 없어요. 다시 말해 엘 파소에서 제 안전을 생각해 주는 사람이 거의 없다는 뜻입니다. 두 분은 여기 남아서 제 안전을 걱정해 주세요. 무슨 일이 생겨도 그 편이 나을 겁니다."

"……."

그래도 걱정하는 이들.

미소 지은 도수가 말했다.

"너무 걱정은 마세요. 이근육 요원을 데려갈 겁니다."

그때서야.

강미소와 아사다 류타로도 어느 정도 마음을 놓았다.

"알겠어요."

"조심하십시오. 선생님한테 무슨 일이 생기면 심장 성형술을 기다리고 있는 이쪽 환자들도 다 죽은 목숨이란 걸 잊지 마시고요."

과격한 말투.

도수는 그 어조가 걱정에서 나오는 것임을 알 수 있었다.

"그럼 아사다 선생이 수술하면 될 것 아닙니까. 몇 번 같이했 잖아요?"

"나 원······."

아사다 류타로가 고개를 절레절레 저었다.

"그런 큰수술을 몇 번 보고 따라 할 수 있었다면 전 세계 사 람들이 심장질환으로 사망하는 일은 없었을 겁니다. 멀쩡하게 돌아와서 또 보여주세요. 몇 번 더 보여주면 제가 더 잘할 수도 있을 테니까."

"기대하죠."

그렇게 대답한 도수는 두 사람이 챙겨주는 장비를 입고 든 채 이근육을 데리고 헬기장으로 나갔다.

타타타타타타타타!

헬기가 기다리고 있었다.

구조대원 한 명이 뛰어오더니 외쳤다.

"탑승 규칙에 대해 잘 모르실 테니 설명해 드리겠습니다! 탑승 은······."

이근육이 입술에 검지를 붙이며 씨익 웃었다.

"닥터 리를 잘 모르시는군! 바로 출발합시다!"

"예?"

구조대원이 당황하는 사이.

도수는 이미 헬기에 올라타고 있었다. 보통 처음 헬기를 타는 사람들은 프로펠러가 일으키는 강력한 바람에 크게 놀라고, 주변을 두리번거리며 조심스럽게 굴기 바쁜데 도수는 제집 드나들 듯 헬기에 올라탔다.

뒤에 멍해진 채 서 있는 구조대원을 돌아본 그가 손짓하며 외쳤다.

"빨리 갑시다!"

*   *   *

타타타타타타타!

엘 파소 상공을 날아 이동하는 사이.

이근육이 주의할 점을 말해주었다.

"수술실 외 다른 곳에서의 단독행동은 자제해 주십시오. 병원 내에서도 마찬가지입니다."

수술실은 의사나 간호사들밖에 출입하지 못해서 큰 상관이 없었다. 가끔 영화나 드라마를 보면 의사나 간호사로 위장해서 수술실 안까지 잠입하는 킬러들이 있지만 그건 어디까지나 픽션.

마약상들이 도수를 노린다면 그건 병원 밖. 아무리 대담해도 수술실에 진입하기 전까지일 터였다.

도수는 고개를 끄덕였다.

"알겠습니다."

"움직이시기 전 제가 먼저 안전한지 확인을 하겠습니다. 차로 이동하는 경호원들이 도착하기 전까진 더 조심하셔야 합니다."

"예."

"…태연해 보이시는군요. 보이드 파스칼 요원의 말에 의하면 멕시코 카르텔이 닥터 리를 노리고 있을지도 모른다고 하던데."

"저도 한국에서 좀 지냈다고, 이런 상황이 익숙하진 않습니다."

"……."

"하지만 라크리마에선 더 했어요. 총탄이 빗발치는 곳에서 부상자를 치료했습니다. 총알에는 눈이 없죠. 반군 모두가 저를 노리는 느낌이었습니다."

이근육은 고개를 저었다.

"전 아직도 어떻게 그런 상황에서 환자를 치료하고 다니셨는지 믿기지가 않습니다."

"전 죽음이 두렵지 않아요."

사실이었다.

도수는 부모님이 돌아가신 순간부터 지금까지 언제나 죽음을 염두에 두고 있었다.

어쩌면 그래서 김광석의 가족들과 완전히 한 가족처럼 거리를 좁히지 못한 건지도 모른다. 그는 전쟁터에서나 한국에서나 끊임없이 목숨 걸고 외줄 위를 걷고 있는 것이다.

그가 두려운 건 하나였다.

"하지만 환자를 잃는 건 두렵습니다."

"…잃어보신 적 있습니까?"

"손도 못 댄 적이 여러 번 있었습니다. 제 눈앞에서 사람이 죽어가는 걸 봤어요. 그때마다 무슨 생각이 들었는지 아세요?"

"모르겠습니다."

"내가 손댄 이상 절대 잃고 싶지 않다. 어떤 의사들은 이 일을 하면서 죽음에 익숙해진다고 하던데, 저는 아닙니다."

"……."

이근육은 도수의 마음을 모두 헤아릴 수는 없었다. 그는 의사가 아니고 죽어가는 환자의 목숨을 회생시킬 재주도 없었다. 거기서 오는 책임감은 모르지만, 한 가지는 공감할 수 있었다.

'전우들.'

라크리마에서 겪었던 몇몇 전투에서 여러 명의 전우를 잃었다. 그리고 난 다음이면 새로 온 동료한테 정을 붙이기도 어려웠다. 시간이 지나 새로운 동료와 다시 전우애가 생겼을 때 또다시 동료를 잃게 되면, 이전에 느꼈던 만큼 괴롭고 힘들었다. 의사든 군인이든 죽음을 보는 것에 익숙해질 수는 없다는 생각이 들었다.

"마약상들도 반군만큼이나 잔인한 놈들입니다. 반군처럼 밥 먹듯 폭탄을 터뜨리고 건물에 포격을 쏟아붓진 못하지만, 놈들 방식대로 매일같이 사람을 납치하고 죽입니다. 거침없죠."

"조사하신 겁니까?"

도수가 희미한 미소를 지었다.

이근육은 단단한 표정으로 고개를 끄덕였다.

"라크리마에서 저는 제 임무를 실패했습니다. 다시 한번, 닥터 리를 잃을 뻔했죠. 하지만 이번만큼은 그런 실수를 반복하지 않을 겁니다. 놈들에 대해선 빠삭하게 파악했습니다. 저를 믿으시면 됩니다."

"그러죠."

두 사람이 이야기를 나누는 사이 헬리콥터가 후아레즈 병원 앞 헬기장에 내려앉았다.

이근육은 먼저 내려서 주위를 훑은 뒤 손짓했다. 주변에 주차된 차 안, 은폐나 엄폐가 가능한 기물 등 엘 파소 주차장에서 총질을 했던 이들과 같은 시카리오(카르텔 소속 암살자)들 혹은 저격수들이 숨어 있을 만한 곳을 확인한 것이다.

이내 도수를 비롯한 구조대원들이 내려서 병원으로 내달렸다.

병원 안으로 들어가자 여기저기 앉아 있는 환자들과 분주한 의료진이 보였다.

"어떻게 오셨습니까?"

응급실 소속 백인 의사 한 명이 다가와 묻자 도수가 대답했다.

"엘 파소에서 왔습니다. 이도수라고 합니다."

"아……!"

백인 의사가 눈을 동그랗게 떴다. 벌써 소문이 후아레즈까지 퍼진 걸까? 그의 시선에 미묘한 변화가 생겼다.

"저를 따라오십시오."

그는 응급실 한쪽으로 안내했다. 가림막을 걷기 무섭게 가림막 밖과는 전혀 다른 공기가 훅 밀려들었다. 안에서 벌어지고 있는 상황 역시 밖과는 천지 차이였다.

"패드 가져와! 빨리! 피는 왜 이렇게 안 와?"

"센터 갔어요!"

"아니, 지금 가서 언제……!"

난리도 아니었다.

상하체 통틀어 여섯 발의 총상을 입은 환자는 계속 피를 쏟아내고 있었다.

도수는 의료진에게 상황을 묻기도 전에 투시력을 발휘했다.

샤아아아아아아아아.

환자의 몸속에 박힌 총알들이 손에 잡힐 듯 들어왔다. 하지만 총알들을 잡아서 빼내려면 피부를 절개하고 들어가야 한다.

다음 도수가 살핀 것은 총알의 위치가 아닌 혈압이었다. 다른 이들은 기계를 통해 혈압을 확인하지만, 도수는 직접 눈으로 몸속에 흐르는 혈관을 관찰해 혈행을 파악할 수 있었다.

"당장……."

도수가 입을 떼자 의료진들이 고개를 홱 돌렸다. 그들이 '누구'냐고 묻기도 전에 도수가 재차 말했다.

"당장 수술해야 합니다. 빨리 수술실 잡고 옮겨주세요."

"아직 검사 결과도 안 나왔습니다. 출혈이 너무 심해서 검사하는 데만 삼십 분 넘게 잡아먹었어요. 한두 발도 아니고 육안으로 확인한 것만 여섯 발입니다. 지혈하면서 버텨야지 총알이 몇 개나 몸속에 남았는지, 어디가 망가졌는지 확인도 안 하고 들어가서는……."

그렇게 말하던 멕시코계 중년 의사가 대뜸 물었다.

"근데 누구십니까?"

"엘 파소에서 왔습니다."

"닥터 리?"

"맞습니다."

중년 의사는 잠시 말을 멈추고 고민하더니 함께 있는 의료진에게 말했다.

"…옮겨."

"예?"

"옮겨, 당장! 수술실로!"

"아, 알겠습니다!"

말을 더듬은 의료진들이 힘을 합쳐 환자를 데리고 나갔다.

뒤에 남은 중년 의사가 환자에게서 눈을 떼지 못하는 도수에게 말했다.

"직접 오실 수 있을 거라곤 생각도 안 했습니다."

"……."

평소 같으면 '저를 아세요?'라고 물었겠지만 도수의 의식은 오로지 환자에게 쏠려 있었다. 이미 투시력으로 환자의 상태를 세세하게 파악한 그는 어떻게 수술을 해야 할지 머릿속에 그리고 있는 것이다.

중년 의사 역시 대답을 기대하지 않았는지, 빠르게 이어 물었다.

"수술이 가능하겠습니까?"

그가 섣불리 환자를 수술실 안으로 데리고 들어가지 못한 건 검사 결과가 안 나와서도 있지만, 검사 결과도 안 나온 상태에서는 수술했을 때 분명히 환자를 잃을 거라는 불안감 때문이었다.

도수는 고개를 저었다.

"모르겠습니다."

그 말대로였다.

도수가 아무리 유능한 써전이라도 신이 아니다. 누구보다 환자를 살리고 싶고, 그 외에도 직접적인 인연은 아니지만 병리학자와 간접적인 인연을 맺게 된 상황. 간절하지만, 간절함이 환자를 살려내진 못한다.

중년 의사도 예상했다는 듯 고개를 끄덕였다.

"…알겠습니다. 부담스러우시면 집도의 이름은 제 이름으로 올려두겠습니다."

엄연히 주치의는 중년 의사였다. 도수가 아닌 것이다. 그저 도수의 도움을 받고 싶을 뿐이었다. 다시 말해 자신 없는 환자를 맡긴다는 것은 환자를 잃었을 때 도의적으로나 법적으로나 책임을 전가시킨다는 뜻도 됐다. 여기서 그는 양심이 찔리는지 법적인 책임을 지겠다고 했다.

하지만 도수는 그딴 것들이 별 의미 없다고 생각했다. 누가 책임을 지든 가장 큰 영향을 받을 것은 환자다. 지금은 환자를 살리는 것만 생각하기에도 머리가 터질 지경이었다.

"그건 어떻든 상관없습니다. 수술실이 어디죠?"

"이쪽으로 오십시오."

중년 의사는 직접 도수를 안내했다. 엘리베이터를 타고 올라가며 그가 덧붙였다.

"저도 수술에 참여할 겁니다. 만약 수술이 잘못되면 제가 책임지겠습니다. 최선만 다해주십시오."

열혈 의사다.

도수가 여기까지 온 이상, 그가 왜 왔는지 정도는 충분히 예측할 수 있을 텐데도 스스로 책임을 지겠단다.

"예."

대답을 들은 후에도 중년 의사는 긴장감과 부담감이 큰 탓인지 말을 멈추지 않았다.

"…전 원래 다른 사람한테 제 환자를 맡기지 못합니다. 환자를 치료하는 데 있어 절대적인 우위를 가릴 순 없다고 생각하기 때문입니다."

도수는 고개를 주억거렸다.

그 역시 케이스 바이 케이스라고 생각했다.

환자마다 상태가 다르고 회복력이 다르다.

의사들 또한 그날그날 컨디션이 다르고 감각도 다르다.

메스를 쥐는 각도 하나, 순간순간의 사고방식 하나. 그 유동적이고 자잘한 차이들이 수술의 결과를 결정짓는다.

하지만 이러한 써전의 능력 측면에서도 의사들이 절댓값으로 치는 부분이 있었다.

중년 의사가 그 부분을 입 밖으로 뱉었다.

"하지만 닥터 리는 다르다고 들었습니다. 전쟁터에서의 수많은 경험을 바탕으로 검사도 없이 어려운 수술을 척척 해낸다고 들었습니다. 감각도 다른 의사들과는 차원이 다르다더군요."

기사를 본 것이 아니다.

기사를 쓰는 대부분의 기자들이 수술 결과만 알 뿐 그 과정은 직접 보지 못했을 테니까. 아니, 본다고 해도 그가 말한 부분들은 전문가만이 느낄 수 있는 범주였다.

"……."

도수가 말이 없자 그가 덧붙였다.

"입에 입을 타고 소문이 퍼졌습니다. 이번에도 잘 부탁드립니다."

그는 불이 들어오고 있는 층 번호를 확인했다.

이내 3층에 불이 들어오자, 드르륵 소리와 함께 문이 열렸다.

두 사람은 더 이상 대화를 나누지 않고 나가서 수술복을 입고 손을 소독했다.

그런 뒤 수술실 안으로 들어갔다.

드르륵.

"준비 마쳤습니다."

아래서 환자를 보고 있던 의료진이 말했다.

"적혈구가 부족합니다. 가져오려면 시간이 꽤 걸릴 것 같은데, 환자가 버틸 수 없을 것 같습니다."

그건 굳이 투시력을 써보지 않아도 알 수 있었다.

중년 의사가 도수 대신 대답했다.

"이번 수술은 여기 계신 닥터 리가 집도하실 겁니다. 하실 말씀 있으십니까?"

도수는 고개를 저었다.

"평소대로 하시면 됩니다."

처음 손발을 맞추는 거다.

수술실 안에서 의료진들 사이의 호흡은 환자의 생명을 결정지을 정도로 중요하다.

하지만 도수는 그들의 호흡 속에 녹아들 자신이 있었다. 나아가 선두에서 수술을 이끌고 갈 자신이 있었다. 이미 혼자서 모든 것을 해결하던 라크리마에서 한국에 오고, 병원 생활을 하고, 엘 파소에서 또 처음 보는 사람들과 손발을 맞춰본 뒤 느낀 점이다.

"서두르죠. 환자 얼마 못 버팁니다."

도수는 환자의 우측에 섰다.

최대한 빠르게 움직여야 했다.

환자의 상태도 최악이라 시간을 충분히 줘도 성공하기 힘든 수술인데, 지금은 시간까지 없었다.

환자의 몸에서 피가 일정량 이상 빠지기 전에 최대한 출혈 없이 수술을 끝내야 한다.

끔찍한 부상과의 싸움.

그리고 시간과의 싸움이다.

도수는 이미 오늘 아침 있었던 대수술로 인해 잔뜩 피로감이 묻은 눈을 살짝 감았다 뜨며 손을 뻗었다. 신이 있다면 빠르게 꺼져가는 불씨를 되살릴 능력을 주길. 환자의 생명력이 부디 같은 편에 서서 시너지를 일으켜 주길.

의지할 곳 하나 없이 형체도 없는 대상에게 바라며 벼랑 끝에 선 기분으로 입을 열었다.

"메스."

*   *   *

턱.

메스를 받은 도수는 투시력을 사용했다.

샤아아아아아아아아.

머리가 핑 돌았다.

손끝이 잘게 떨리고 있었다.

도수는 입술을 깨물었다.

'버텨야 돼.'

버텨야 한다. 환자가 생사의 기로에서 버티고 있는 것처럼 그 역시 흔들려선 안 된다.

자신을 보는 시선이 느껴졌다.

"……"

누구도 입을 떼지 않고 있었지만 다들 조마조마한 표정으로 서 있었다. 그들 모두 도수에 대한 소문만 들어봤을 뿐 직접 손발을 맞춰본 경험이 없기 때문이다. 집도의를 맡겼던 중년 의사가 물어왔다.

"괜찮으십니까?"

"보조 부탁드립니다."

"……"

침묵하던 중년 의사가 고개를 끄덕였다.

"알겠습니다. 언제든 힘들면 말씀하십시오. 바꿔 드리겠습니다."

"그러죠."

도수는 칼끝을 보았다. 어느새 떨림이 잦아들어 있었다.

'최대한 빨리 끝낸다.'

환자를 위해서도 있지만, 자신의 몸 상태를 봐도 수술을 오래 끌 수 없을 것 같았다.

다행히 외상 수술은 경상부터 중상, 죽음의 문턱에 선 사람까지 치료했던 다양한 경험이 있는 분야였다.

발가벗긴 환자가 수술대 위에 피를 쏟고 있었다. 핏물이 수술실 바닥으로 떨어졌다.

"시작하겠습니다."

도수가 메스를 움직였다.

가장 먼저 할 일은 거즈 패킹과 혈관 봉합이었다. 일단 피를 멈춰야 하기 때문이다. 적혈구가 모자란 지금 가장 치명적인 것은 출혈이었다. 출혈만 막으면 어떻게든 방법이 생길 터였다.

스으으윽.

칼날로 피부를 절개한 그가 말했다.

"포셉."

칼을 반납하고 집게를 받았다.

"혈관부터 묶겠습니다."

"혈관을요?"

고개를 끄덕인 도수가 중년 의사에게 덧붙였다.

"출혈이 일어나는 지점마다 모두 거즈로 패킹해 주세요. 출혈점을 막고 최대한 출혈을 줄입니다."

"…알겠습니다."

중년 의사는 여러 가지 의문이 들었다. 보통 총상 환자일 경우 총알을 제거하고 손상된 조직 절제 후 나머지 치료를 하는 것이 매뉴얼이었다. 환자의 몸속을 들여다볼 수 없는 이상 하나씩 순서대로 해결해 나가야 하는 것이다.

한데 도수는 그 순서를 완전히 무시했다. 오히려 거꾸로 뒤집어서 절개 후 대뜸 환자의 혈관을 찾고 있는 것이다.

수많은 혈관 중 정확히 어떤 혈관이 끊어졌는지, 손상을 입었는지, 장기나 피부에서 발생한 출혈은 아닌지 모든 원인이 뒤엉킨 상황에서도 그는 정확히 핵심을 찔렀다.

턱.

미끄러운 혈관을 마치 매가 먹이를 낚아채듯 붙잡은 도수가 밖으로 꺼내서 봉합하기 시작했다.

'뭘 하는 거지?'

중년 의사는 무조건적으로 믿고자 마음을 먹었으나 애가 탔다. 가슴 한편에 불안감도 싹트고 있었다. 환자 몸속에서 치명적인 출혈을 일으키고 있는 혈관만 찾아서 봉합한다는 건 상식상 불가능했기 때문이다.

하지만 도수에게는 그가 모르는 투시력이 있었고 항상 그 투시력으로 남들은 불가능한 수술을 성공시켰다. 그건 이번에도 마찬가지였다.

"컷."

툭……!

순식간에 봉합을 마친 도수가 다시 혈관을 찾았다.

턱.

그러고는 들어 올렸다.

슥, 스윽.

봉합 후.

"컷."

툭!

'도대체 뭘 하는 거야?'

중년 의사의 의구심은 점점 더 깊어가고.

다른 의료진들도 시계 분침과 환자의 혈압을 확인하며 애간 장을 태웠다.

한국에서 온 의사는 매뉴얼을 싹 다 무시하고 자기만의 방식 으로 수술을 하고 있었다. 그 정확성도 알 수가 없다. 이 수술 이 어떤 성과를 보여줄지 감도 잡을 수 없었다. 그런 와중에 시 간은 흐르고 있었다. 시간은, 결국 환자의 목숨을 앗아갈 터였 다.

시간이 흐를수록 그만큼의 출혈량이 발생할 테니까.

그들이 어떤 표정을 짓든 어떤 의문을 갖든 도수는 멈추지 않 았다.

슥, 스윽.

"컷."

툭!

순식간에 일곱 개의 혈관이 묶였다. 그러자, 놀랍게도 서서히 떨어지던 혈압의 감소 속도가 줄어들고 있는 것이 아닌가?

"어……"

"뭐죠? 피가 멎고 있는 것 같은데."

"설마 출혈점만 골라서 잡은 거예요?"

여기저기서 의문이 터져 나오자.

도수는 중년 의사를 보았다.

"아직 완전히 잡히진 않았습니다. 피부, 장기에서 발생하는 출 혈도 무시 못 해요."

"그럼 방금까지 하시던 게… 끊어진 혈관들을 모두 찾아서 이었단 말씀이십니까?"

"예. 비교적 큰 혈관들은."

토막 난 혈관은 모두 이어놓았다.

물론 중년 의사는 믿지 못했다.

"몇 개의 혈관이 몇 조각 났는지 알고요? 어디부터 어디까지 대미지를 입었는지, 그걸 어떻게⋯⋯!"

"총알이 들어간 방향, 그리고 환자의 피부와 근육이 수축된 모양으로 짐작할 수 있어요."

완전히 거짓말은 아니었다. 오랜 기간 동안 투시력을 쓰면서 많은 환자들을 관찰한 도수는 굳이 투시력을 쓰지 않아도 환자 몸의 반응만으로 대략적인 외상 부위와 체내 상황을 파악할 수 있었다. 물론 이를 확인하기 위해선 반드시 투시력이 필요했다. 놓치는 부분이나 오류도 범할 수 있기 때문이다.

그러나 도수는 굳이 지금껏 숨겨왔던 투시력의 존재 여부를 말하지 않았고, 중년 의사에게는 충분한 설명이 되지 못했다. 그렇다고 하더라도 수술 중 더 방해가 될 만한 질문을 던지지 않을 정도는 됐다.

"⋯일단 진행하시죠."

안 그래도 도수는 수술을 속개하고 있었다. 잘려 나간 혈관들을 이어서 대량 출혈을 막았으니 다음은 피부 쪽이다. 다행히 장기 손상은 심한 편이 아니었기에 미뤄둘 수 있었다.

"거즈 떼어주세요."

"피가 쏟아질 텐데요."

"피를 멎게 하려는 겁니다."

"거즈로 막아도 비집고 흐르는 출혈을 어떻게… 봉합을 하면 박힌 총알을 찾기 힘들어질 겁니다. 장기 손상도 있는지 확인해 봐야 하고요."

당연히 도수도 생각하고 있는 부분이다. 지금 그가 봉합하려는 부위들은 총알이 관통한 곳들이었다. 장기를 헤집고 들어간 곳도 아니었다.

"저를 믿고 맡겨주셨으면 합니다. 끝까지."

도수는 어조에 힘을 주었다.

그의 두 눈을 빤히 응시한 중년 의사는 어떤 확신을 느낄 수 있었다. 확신은 그에게로 전염됐다. 너무나 강렬한 눈빛 덕분이다.

"…알겠습니다."

"메스."

도수는 그 즉시 손상된 조직을 절제하고 주문했다.

"봉합침, 봉합사 주세요. 신경 수술 할 때 쓰는 걸로."

곧 봉합사와 봉합침이 넘어왔다. 수술실의 지휘관이었던 중년 의사가 칼자루를 도수에게 넘겼으니 의료진들도 토를 달지 않는 것이다.

도수는 당장 봉합이 가능한 피부부터 봉합했다. 투시력을 한 껏 끌어올리자 육안으로 구별하기 힘들만큼 자잘한 미세혈관늘이 보였다. 그 혈관들을 기막히게 피해서 살을 붙이는 것이다.

스윽, 슥.

빠른 건 둘째 치고.

중년 의사는 이 미세한 차이를 감으로 눈치챘다.

'뭐야? 왜 출혈이…….'

근무하는 지역이 무법 지대에 가깝다 보니 수많은 외상 환자를 접하고 헤아릴 수 없이 많은 외상 수술 경험이 쌓였던 그였다. 따라서 봉합 시 발생하는 출혈이 현저히 적어지자 바로 그 차이를 느낄 수 있었던 것이다.

그의 시선을 아는지 모르는지.

도수는 묵묵히 피부를 꿰맸다.

슥. 스윽…….

그리고 머지않아.

그에 대한 반응이 초조하게 지켜보던 의료진의 입을 통해 나왔다.

"환자, 혈압 돌아오고 있습니다."

"말도 안 돼……."

"혈압 잡혔어요!"

그들 표정에 환희가 스쳤다.

도수는 피부 봉합까지 마치고 의료진에게 말했다.

"환자 돌려 눕혀주세요."

탄력을 받은 의료진이 힘을 합쳐 환자를 돌려 눕혔다. 총알이 등에 박혀 피가 흐르고 있었다. 수술대 위는 이미 핏물로 홍건했다.

"아… 여기서……!"

미처 발견 못 하고 있던 의료진이 말했고.

다른 이들도 눈을 크게 치떴다.

하긴, 이런 숨은 상처가 있으니 출혈이 그렇게 심했던 것이다.

신기한 것은 도수는 겉만 보고도 숨겨진 상처들을 속속들이 찾아내고 있다는 점이었다. 뭐, 몸속 깊이 자리 잡은 손상된 혈관들까지 기가 막히게 찾아내서 연결하는 것부터가 말이 안 되는데 더 이상 놀라울 것도 없었다. 아니, 수술이 길어지면서 놀랄 힘도 없었다.

그럼에도 도수는 집중력을 유지하고 있었다. 체력은 바닥을 기고 있었지만, 미미하게 남은 그 체력마저도 박박 긁어서 투시력에 쏟아붓고 있었다. 더불어 완벽히 몰입한 데서 나오는 초인적인 힘을 손끝의 신경에 때려 박았다.

"다른 곳은 괜찮은데 십이지장을 휘저어놨습니다."

"……!"

의료진이 눈을 부릅떴고.

도수가 말했다.

"굵직한 혈관들은 살아 있어요."

"후……!"

모두가 안도의 한숨을 내쉬고.

도수가 손을 뻗었다.

"충분히 쉬었으니 바로 들어가죠. 보비, 포셉."

충분히?

30초도 안 지났다.

하나 수술에서 '충분하다'는 말의 의미는 어디까지나 상대적인 개념. 지금 같은 상황에선 30초가 아니라 10초도 많이 쉰 셈이다.

턱.

보비와 포셉을 받은 도수가 연기를 내며 환자의 십이지장을 해체하고 들어갔다.

치이이이이익.

매캐한 냄새가 올라왔다.

다른 의료진들도 마찬가지겠지만, 중년 의사에게는 너무나 익숙한 냄새였다. 장기가 타들어가는 냄새. 그런데 이상하게, 어떤 수술에서도 아랑곳 않았던 그 냄새가 새삼 역겹게 느껴졌다. 인턴도 아닌데 멀미하는 것처럼 속이 울렁거렸다.

아나나 다를까 다른 의료진들의 혈색도 창백했다.

'벌써 시간이 이렇게 됐었나……'

중년 의사는 시계를 보며 충격을 받았다. 벌써 20분이 넘게 지나고 있는 것이다. 수술 과정에 비해 결코 긴 시간이 아니었지만 그는 2분처럼 느껴졌다. 그만큼 몰입했다는 뜻이다. 과몰입은 신체에 부담을 초래한다. 그게 지금 느끼는 울렁증의 원인인데, 처음부터 끝까지 훨씬 더 많은 집중력을 쏟아붓고 있는 도수는 멀쩡해 보였다.

물론.

겉보기에만.

'젠장.'

1초, 2초… 초침이 흘러감과 함께 현기증이 더 심해지고 있었다.

무거운 바위가 뇌를 짓누르고 있는 느낌이다.

머리는 무겁고 몸은 더 무거웠다.

'조금만 더 버티면 된다. 조금만 더……'

도수의 손이 점점 빨라졌다.

복잡하기 그지없는 십이지장을 마치 물리학 박사가 유아용 큐브를 다루듯 손쉽게 다루고 있었다.

슥, 스윽.

눈을 감고도 수술할 수 있는 사람이 있다면.

그건 바로 도수를 가리키는 표현일 터였다.

중년 의사는 그 정도로 깊게 감탄하는 중이었다. 감탄을 넘어 경악하고 있었다. 일련의 모든 수술 과정들을 떠올리면 마치 지금 이 순간을 위해 설계된 듯하다.

'어떻게 이런……'

환자와 외상에 대한 높은 이해도. 그리고 미래를 훤히 읽고 짠 듯한 수술 순서.

소문도 대단했지만 실제로 본 그는 대단함을 넘어 인간 이상의 경지를 보여주고 있었다. 신이 있다면 이런 의술(醫術)을 펼칠 것이다.

신이 죽을 운명의 인간에게 기적을 실행하는 과정을 본다면 이런 장면을 목도할 수 있으리라.

"컷."

툭!

마지막 실밥을 잘라낸 도수는 물에 빠진 채 지푸라기라도 잡는 심정으로 수술대 모서리를 붙잡았다.

턱.

휘청이는 그를 향해.

중년 의사를 비롯한 의료진이 외쳤다.

"닥터……!"

                    *   *   *

도수는 휘청거렸지만 수술대를 잡은 덕분에 넘어지지 않았다.

"…괜찮습니다."

거짓말이다.

전혀 안 괜찮았다.

오히려 도수 본인이 환자가 돼서 수술대에 누워야 할 판이었다.

그만큼 세상이 빙빙 돌고 있었다.

그러자, 덜컥 겁이 났다.

'만약 투시력을 잃어버린다면……?'

지금 이 순간 이런 생각을 하게 된 것은 환자를 통해 보고 있는 장면 때문이었다. 체력과 정신력이 바닥나면서 투시력이 힘을 다한 것이다. 지금껏 지속적으로 투시력을 사용해 왔고, 언제부턴가 이 능력이 사라질 거라는 불안감조차 완전히 떨쳐낸 상태였다.

그런데 갑자기 투시력이 사라진다?

생각하는 것만으로도 끔찍했다. 투시력이 없더라도 그는 노련한 써전. 실력은 그대로겠으나 정신적으로 받는 타격은 무시할 수 없을 것이다.

어느 날 갑자기 눈이 안 보이거나 귀가 먼다고 생각해 보라.

그전까지 당연하게 여겨왔던 것들이 사라지는 것에 대한 극심

한 공포를 느낄 터였다.

모든 것은 상대적이다.

그렇기에 두려웠다.

'기우일 뿐이야.'

도수는 고개를 절레절레 젓고는 비칠비칠 수술실을 나섰다.

조심스럽게 뒤에 붙어 따라온 중년 의사가 말했다.

"닥터 리를 보면 정말 목숨을 걸고 수술하는 것 같습니다. 장렬한 기분이 들 정도로……."

어쩌면.

그럴지도.

정말 목숨을 갉아먹고 있는지도 모른다.

사람 인체부터 물건까지 세상 모든 것에는 생명력이라는 것이 있기 때문이다.

도수는 그 생명력의 존재를 확신했으나 언제나 눈앞의 환자가 먼저였다. 그런 그에게 이런 이야기는 하필 지금 상황에선 불안감을 가중시키는 것밖에 안 됐다.

쉽게 말해 듣기 싫었다.

"…최선을 다할 뿐입니다."

"정말 괜찮으신 겁니까?"

"네."

그래야 한다.

아직은 할 일이 많았으니까.

"먼저 가보겠습니다."

"제가 쉴 곳을 안내해 드리겠습니다."

중년 의사는 성큼 나섰다.

그러자 수술실 밖에서 대기하고 있던 이근육이 다가왔다.

"저와 함께 움직이시죠."

"이분은……."

도수와 함께 왔다는 것만 알고 있을 뿐 이근육의 정체에 대해 모르는 중년 의사가 고개를 갸웃했다.

그러자 도수가 끝이 떨리는 목소리로 말했다.

"경호원입니다."

"경호원이요?"

도수가 시선을 보내자.

이근육이 대신 설명했다.

"후아레즈는 위험한 곳이니까요."

더 이상 설명을 덧붙이진 않았다.

중년 의사 역시 크게 의문을 갖지 않고 고개를 주억거렸다.

"예. 위험한 곳이죠. 병원 안에선 별일이 없지만 병원 밖에선 별의별 일이 다 있습니다. 그래서 찾아오는 환자들도 많고……."

"말로 안내해 주시면 제가 앞장서겠습니다."

이근육의 말에 중년 의사가 대답했다.

"예, 그러시죠."

복도를 걸으며 이근육이 물었다.

"혹시 후아레즈 카르텔에 대해 아시는 바가 있습니까?"

"저는 의사인데 뭘 알겠습니까. 그저 마약상이고 멕시코 경찰이고 정신없이 들이닥칩니다. 아, 그리고 마약상이 제법 많은 경찰들을 매수했어요. 혹시라도 그들과 맞닥뜨린다면 조심해야 합니다."

"어떤 부분을 말씀하시는 겁니까?"

"실려 와서 총구를 들이대는 마약상들도 있습니다. 그래도 병원에는 깨끗한 경찰 인력이 상주하고 있어서 대부분 진압이 되긴 하지만 몇 번은 의료진이 다친 경우가 있었습니다. 아직 심각한 상황은 벌어지지 않았지만요."

"…그것만으로도 충분히 심각한 상황인 것 같습니다만."

"그건 그렇지만 병원 밖을 보면 심각하다고 할 수 없을 겁니다. 매일같이 사람이 죽어나가고 시체가 매달리니까요."

"말씀 감사합니다."

이근육이 가볍게 고개를 숙였다. 얼굴을 드는 그의 표정이 심각하게 굳어 있었다. 이곳에 오기 전부터 이미 알고 있었던 사실이지만 현실로 접하니 저절로 긴장이 됐다.

중년 의사가 덧붙였다.

"자기들의 이권에 방해가 되는 것들은 모두 치워 버리는 자들입니다. 그렇게 해서 지금의 자리를 유지하고 있는 자들이죠. 미국과 같다고 생각하면 안 됩니다. 자칫 마약상을 잡다가 경찰에 넘기기라도 하면 보복이라도 할 자들입니다."

뒤에서 듣던 도수는 나지막이 한숨을 내쉬었다. 그는 마약상을 마약 단속국에 넘긴 적이 있었다. 더불어 마약상과 B&W가 연루되었다면 그들의 이권마저 위협하고 있는 상황이었다. 그들이 도수를 노린다 해도 이상할 게 없었다. 가만히 두면 도수는 계속 이 문제를 파고들게 될 테고, 그 첫발이 오늘 수술에 성공한 병리학자가 될 터였다.

"후."

한숨이 나왔다.

이런 일에 연루되고 싶지 않았는데 마약 단속국 요원의 걱정보다 더 깊게 연루된 것 같았다.

이근육과 그는 착잡한 표정으로 휴게실로 갔다. 서로 마주 앉자 이근육이 먼저 입을 뗐다.

"최대한 빨리 돌아가는 게 좋겠습니다."

"……."

"언제 돌아갈 생각이십니까?"

"환자랑 함께 돌아가야 합니다."

"오늘 수술받은 환자… 말씀이십니까?"

"예."

"얼마나 걸리겠습니까?"

"회복 속도는 사람마다 다릅니다. 알 수 없죠."

"오래 남아 있을수록 위험할 수 있습니다."

이근육이 경고했으나 도수는 돌아가겠다고 결정하는 대신 되물었다.

"경호 인력이 오고 있다고 했죠?"

"그렇습니다."

"여기서 조금 더 버텨보죠."

"하지만……."

도수의 임무는 환자를 살리는 것까지. 나머지는 그의 역할이 아니었다. 이는 도수도 인정하는 부분이었으나 힘들게 목숨을 붙여놓은 환자가 다시 위험해지는 꼴을 볼 수는 없었다.

"제가 여기 있으면 경호 인력이 모이겠죠."

"그렇습니다."

"환자가 왜 멕시코까지 와 있는지는 모르겠지만 잠적했는데도 총을 맞아서 실려 왔습니다. 다시 위험에 노출될 수 있다는 뜻이죠. 하지만 제가 여기 있는 것만으로 경호원들이 머물게 됩니다. 환자도 안전해질 거예요."

"그럼 경호 인력을 분산해서 배치해 두겠습니다. 먼저 출발하시죠."

"주치의의 역할은 수술뿐만이 아닙니다. 치료도 포함되죠. 이곳에도 실력 있는 의사들이 많지만 전 제 환자를 끝까지 책임져야 할 의무가 있습니다."

사실 핑계였다.

도수가 이곳에 남고자 하는 것은 불안하기 때문이다. 수술은 잘됐지만 예후까지 장담할 수는 없다. 언제 어떻게 잘못되어도 이상하지 않을 중상 환자였기 때문에 차마 두고 떠날 수 없었다. 중태에 빠진 환자들이 늘 품고 있는 위험. 아무도 예상치 못한 이유로 죽어버릴까 봐 걸음이 떨어지지 않는 것이다.

이근육은 입을 다물었다.

그를 보며 도수가 입을 열었다.

"저를 지켜주신다고 약속하셨죠?"

"무슨 일이 있어도 지켜 드릴 겁니다."

"그 말씀, 믿어도 될까요?"

"······."

이근육은 하고 싶은 말이 많았다. '지켜주는 건 어디까지나 통제에 잘 따랐을 때'라고 협박이라도 하고 싶었다. 위험은 피할수록 줄어드는 법이니까. 하지만 경호원이란 상대의 상황에 맞춰서 대상을 지키는 것이지, 자기 뜻대로 대상을 끌고 다니는 임무를 가진 사람이 아니었다.

"…믿어주십시오. 지켜 드리겠습니다."

이근육은 다짐했다. 멕시코 카르텔 전체가 병원을 습격해도 도수만은 꼭 지켜주겠다고. 환자를 위해 엘 파소에서 사지가 될지도 모르는 후아레즈로 뛰어든 남자다. 거기다 탈진할 때까지 수술을 하고도 환자의 안위부터 걱정한다. 어떤 위험이 있더라도 환자를 안전하게 지켜주려는 의지가 있는 것이다.

의사도 그러할진대.

그를 지키는 경호 팀장인 이근육 또한 그 의지를 물려받았다.

도수는 환자를 지키고 그는 도수를 지킨다.

이근육이 목숨을 걸고 이뤄야 할 사명이었다.

*　　　　*　　　　*

그날.

도수는 곯아떨어졌다.

다시 눈을 떴을 땐, 만 이틀이 지난 후였다.

그가 처음 들은 이야기는 비보(悲報)였다.

"…사망했습니다."

우려하던 일이 실제로 벌어졌다.

인연이 닿을 듯 닿지 않던 병리학자가 기어코 사망하고 만 것이다.

"……."

말을 잃은 도수에게 중년 의사가 덧붙였다.

"수술은 잘됐습니다. 닥터 리의 잘못이 아니었어요. 출혈량이 너무 많았고, 컨디션이 바닥까지 떨어져 있었기에 버티지 못했을 뿐입니다."

그는 담담하게 말하고 있었으나 그 역시 담담하지 못할 터였다.

"가족들은요?"

도수가 묻자 중년 의사의 안색이 급격히 어두워졌다.

"연락은 됐습니다. 그동안 실종 상태였다고 하더군요."

대체 그는 뭘 하고 있었던 걸까?

병원을 떠나서 가족들한테조차 연락을 끊었었다.

몇몇 지인들에게만 연락을 했다고 하는데, 그마저도 살아 있다는 소식 정도였다.

"…가족들은 뭐라고 합니까?"

"그게……."

잠시 대화를 잇지 못하던 중년 의사가 말을 이었다.

"그 전에, 말씀드릴 게 있습니다. 주치의에 제 이름을 올렸습니다. 실제로 수술 후 이틀간 제가 지켜봤으니까요. 수술은 성공했고 만약 책임 소지가 있다면 제 불찰입니다."

"제가 해야 할 일이었습니다."

"아뇨."

중년 의사가 단호하게 고개를 저었다.

"기억하지 못하시겠지만 닥터 리의 상태도 매우 안 좋았습니다. 지금껏 멀쩡하게 환자들을 수술했다는 게 신기할 정도로 과로가 심했습니다. 이틀 내리 고열이 사십 도를 넘나들었어요. 다른 문제가 생길까 심히 우려되는 상태였습니다. 다행히 지금 이렇게 건강하게 회복되셨지만요."

"……"

"아픈 곳은 없으십니까?"

"…예. 괜찮습니다."

"주치의 이름은 제 말씀대로 하시죠. 알아보니 지금껏 단 한 번의 수술도 실패한 적이 없다고 하더군요. 모두 어려운 수술이라고 들었습니다. 저로 인해 경력에 흠집이 나면 안 됩니다."

"의사에게 환자의 죽음은 받아들이고 책임져야 할 숙명과도 같다고 들었습니다."

"누가 그런 말씀을 하셨는지 참 옳은 말씀입니다. 그렇다고 하더라도 아직은 아닙니다. 무리한 부탁이었고, 무엇보다 써전으로서도 실수한 게 없습니다."

"……"

도수는 눈을 질끈 감았다. 결국 사망한 것이다. 그래선 안 됐는데, 그런 일이 있을까 얼마나 걱정을 했는데… 정신 줄을 놓고 있던 이틀 사이에 사망하고 말았다.

잠시 어색한 침묵이 감돌자 중년 의사가 다시 입을 뗐다.

"그리고, 환자가 닥터 리에게 남긴 유서가 있습니다. 잠시 정신이 들었을 때 써두었던 것 같더군요."

"유서요?"

"예. 개봉해 보진 않았지만⋯⋯."

도수가 눈을 치떴다.

환자와는 아직 일면식도 없는 사이.

도수의 존재를 아는 것을 넘어 그에게 유서를 남긴 것은 앞뒤가 맞지 않았다.

"볼 수 있겠습니까?"

"물론입니다."

미리 가져왔는지 중년 의사는 종이 한 장을 건넸다.

일면식도 없는 의사한테 무슨 할 말이 있어서 유서까지 썼을까.

멀리서부터 와서 수술을 해줘서 고맙다는 감사 인사?

그 정도 짐작만 해본 도수는 유서를 펼쳐서 읽었다.

이도수 선생께.

멕시코에 있는 사이 당신에 관해 조사를 했습니다. 놀라운 일들을 이뤄내셨더군요. 각설하고, 제가 엘 파소 병원을 떠난 것은 멕시코 카르텔로부터 행적을 숨기기 위해서였습니다. 그들은 세계 최대의 제약 회사 B&W와 긴밀한 관계를 맺고 있습니다. 그걸 알면서도 가만히 있을 수는 없었습니다. 저는 등잔 밑으로 숨어들 생각을 했고, 방법을 찾아냈습니다. 멕시코 카르텔이나 B&W 측으로부터 진실을 얻을 방법을 찾은 것이 아닙니다. 제 스스로 진실을 새겼고, 제 몸속에 비밀을 남겨뒀습니다. 제 목숨으로 수많은 사람들의 생명을 구하려 합니다. 제가 직접 모든 진실을 밝혀낼 수 있었다면 좋았겠지만… 이렇게 선생께 부담을 안기고 떠나게 되어 송구스러운 마음뿐입니다. 그렇더라도 부디 저 대신 진실을 밝혀주십시오.

모든 증거는 제 안에 있습니다.

그것으로 끝이었다.

서명만 있을 뿐 어떤 추신도 없었다.

도수는 충격을 받은 얼굴을 들고 물었다.

"…어떻게 사망하셨습니까?"

"예?"

"이 환자, 어떻게 사망했죠?"

"간밤에 갑자기 어레스트가 났습니다. 간호사들이 대처했지만 이미……."

도수는 유서와 정황을 듣고 확신할 수 있었다. 유서가 사실이라면 그는 스스로 목숨을 끊은 것이다.

'왜 이런 극단적인 선택을…….'

그런 생각이 들었지만 이유는 알고 있었다. 시간이 지체될수록 마약과 관련된 B&W의 신약이 널리 퍼질 터였다. 즉, 더 많은 희생이 뒤따를 터였다.

아무리 그렇다 해도 자결은 납득이 되지 않았다. 받아들이고 싶지 않았다. 어떻게 붙잡아둔 목숨인데 스스로 끊는단 말인가?

아무리 방법이 없어서라지만…….

중년 의사가 물었다.

"왜 그러십니까?"

"시신을 기증했나요?"

감정이 완전히 식어서 얼음장처럼 차가워진 목소리.

뭔가 심상찮음을 느낀 중년 의사가 떨떠름하게 고개를 끄덕였다.

"예, 그렇습니다만……."

감정을 다스리는 듯 눈을 지그시 감고 있던 도수가 눈을 뜨며 몸을 일으켰다.

"시신을 좀 봐야겠습니다."

"그게 무슨……."

도수는 설명 대신 유서를 내밀었다.

이 일에 깊게 연루된 정도가 아니라, 이젠 피할 수 없는 일이 되어버린 셈이다.

*   *   *

도수는 시신을 보기 위해 안치실로 향했다.

샤아아아아아아아.

투시력을 발휘하자.

환자의 심장에 흥건하게 비치는 이물질이 눈에 들어왔다.

'이건…….'

도수가 물었다.

"약물 반응은 안 나왔습니까?"

중년 의사가 고개를 끄덕였다.

"병원에서 투약한 약물을 포함해 생명에 지장이 갈 만한 약물은 발견되지 않았습니다."

그렇다면 도수의 눈에 보이는 이물질은 뭐란 말인가?

도수가 입을 열었다.

"환자 보호자들을 뵙고 말씀드릴 게 있습니다."

"무슨 이야긴지 알 수 있겠습니까?"

도수는 굳이 숨기지 않았다.

"부검 요청을 해볼 생각입니다."

"부검이요?"

중년 의사가 눈을 크게 떴다.

"큰일 납니다. 가족들이 먼저 원한 것도 아닌데 부검을 하자고 하다니요?"

"…제가 직접 부검에 참여하고 싶습니다."

"그것도 규정에 맞지 않아요."

"환자는 제게 유서를 남겼습니다. 진실을 밝혀달라며 스스로 목숨을 끊었죠. 환자의 유지를 이으려면 제가 직접 부검하는 방법뿐입니다."

"저는 납득이 가지 않는군요."

중년 의사가 천천히 말을 이었다.

"분명 가족들도 납득하지 못할 겁니다."

"환자를 죽음으로 내몬 게 누구인지 밝힐 수 있는 유일한 방법이라도요?"

"……."

중년 의사는 확신하지 못했다. 유가족들 입장에선 부검 자체를 꺼려 할 것이다. 그러나 그들의 남편이자 아버지를 죽음으로 내몬 원흉을 밝혀내는 일이라면 또 어떻게 반응할지 알 수 없었다.

"더 이상… 말리진 않겠습니다. 직접 말씀하실 생각이십니까?"

"그렇습니다."

도수는 곤란한 상황을 피하고 싶은 생각이 없었다. 지금도 충분히 곤란한 상황이었다. 그리고 그는 이 곤란한 상황에 직면하기로 마음을 먹은 상태였다.

"제가 직접 얘기하죠."

"험한 꼴을 당하실지도 모릅니다. 만약 원하시면 제가 대신 전달해 보겠습니다."

"제가 얘기하겠습니다."

도수의 시선을 읽은 중년 의사가 고개를 끄덕였다.

"알겠습니다. 곧 자리 주선하지요."

*   *   *

다음 날.

유가족들이 도착했다.

중년 의사는 약속한 대로 도수를 불렀다.

도수가 면담실로 들어갔을 땐, 이미 유가족들이 앉아 있었다.

가장 처음 입을 연 것은 창백한 안색을 한 남자였다.

"아버지를 수술하신 의사라고요."

"그렇습니다."

도수는 장내 분위기를 살폈다. 중년 의사의 앞섶이 흐트러져 있고 목에는 붉은 손자국이 남아 있었다. 중년 의사는 환자의 죽음을 자신의 책임으로 돌렸을 테고, 한바탕 소란이 있었던 듯했다.

이를 짐작한 도수가 말했다.

"설명은 들으셨습니까?"

"전 믿을 수 없습니다."

남자는 애써 흥분을 가라앉히며 잘게 떨리는 목소리로 말을 이었다.

"아버지가 스스로 돌아가셨다고요? 가족들을, 우리를 남겨두고 말입니까?"

"……."

"유서는 봤습니다. 아버지의 서명도요. 하지만 내용만은 믿을 수 없습니다."

침묵하던 도수가 물었다.

"제가 온 이유를 아십니까?"

"의사나 병원의 실수가 아니란 말씀을 하러 오신 거라면 됐습니다."

"부검을 제안하러 왔습니다."

"뭐요?"

남자가 눈을 희번덕거렸다.

"아버지를 죽인 것도 모자라 시신까지 훼손하겠다는 겁니까?"

"훼손이 아닙니다. 사인을 밝혀내려면 부검이 필요해요."

"왜요? B&W와 마약상이 손잡았다는 허무맹랑한 추론을 밝혀내기 위해서? B&W는 세계적인 제약 회사예요. 그런 곳이 뭐가 아쉬워서 마약상과 손을 잡는단 겁니까?"

"그것까진 알지 못합니다. 제가 생각하는 건 한 가지뿐입니다. 아버님이 돌아가셨다면 왜 돌아가신 건지 밝혀내야 합니다."

"그럼 바로잡을 수는 있고요? 아버지는 이미 돌아가셨어요."

"적어도 고인의 죽음을 헛되게 하진 않을 수 있겠죠. 그리고 고인을 그렇게 만든 원흉을 색출할 수 있을 겁니다."

"만약 이 유서가 아버지가 쓴 게 아니라면? 그땐 어쩔 겁니까. 더 이상 아버지를 욕되게 하지 마세요."

도수는 고개를 저었다.

이게 무서운 것이다.

B&W는 세계적인 대기업이고 제약 회사다. 그것만으로도 무시무시한 공신력을 가진다.

심지어 아버지를 잃은 유가족들조차 유서를 보고도 B&W를 의심하기보단 병원을 의심하고 있었다.

하지만 도수는 반대로, 바로 이런 인식 때문에 B&W가 대담한 일을 자행할 수 있다고 여겼다.

"다른 각도로 생각하셔야 합니다."

"어떤 각도로요?"

"유가족이 허락하지 않는다면 유서만으로 부검을 할 수는 없습니다. 하지만 아버님을 가장 잘 아는 건 가족들일 거라고 생각합니다. 아버님 입장에서 생각해 보세요."

"그게 무슨……!"

남자가 화를 내려는 순간.

그동안 조용히 있던 여자가 손목을 잡았다.

"잠깐, 들어보자."

남자가 눈을 부라렸다.

"뭘? 이놈들이 하는 얘길?"

"당신은 지금 누구한테 화를 내야 할지도 모르고 있어."

"…내가 지금 화를 내는 걸로 보여?"

"응. 아버님께 무심했던 당신 자신이 가장 미운 거잖아? 자기 자신을 증오할 수는 없으니까 그 책임을 다른 사람한테 돌리는 거고."

"다 안다는 듯이 말하지 마."

"적어도 난 당신을 알지. 안 그래?"

"내가 그렇게 못난 놈처럼 보여?"

"아니."

여자는 고개를 저었다.

"나라도 그랬을 거야. 그 감정 자체는 창피한 게 아니야. 하지만 아까도 그렇고, 지금 당신이 보이는 행동은 창피한 거야. 안 그래?"

"……."

"난 당신이 현명한 사람이라고 생각해."

지혜롭게 말문을 틀어막는 여자를 보던 도수가 입을 열었다.

"아버님이 남기신 유서가 진짜라면 헤아릴 수 없이 많은 사람들이 죽어나갈 겁니다. 많은 가정이 무너지고 가족들은 불행해지겠죠. 하지만 유서에 거론된 제약 회사는 너무나 교묘해서 어떤 방법을 써도 밝혀낼 수 없는 부정을 저질렀습니다. 유서에 따르면 아버님은 그걸 확인했고 시간은 없었습니다. 이런 상황에 상대는 당신을 두려워해서 총격까지 가했습니다. 죽다 살아났지만 앞으로 얼마나 버틸지 스스로도 장담할 수 없는 상태… 당신이 아버님이라면 어떤 선택을 하겠습니까?"

남자를 이를 악물었다. 아버지는 늘 가정보다 양심을 우선시했다. B&W에서 퇴사했을 때만 해도 그랬다. 아버지가 퇴사하면서 집안은 경제적으로 내몰렸다. B&W에서 같은 업종 간의 이직을 알게 모르게 막았던 것이다.

그 후에도 아버지는 다른 일을 찾기보단 조건도 나쁜 엘 파소까지 가서 B&W의 비리를 파헤치는 데 더 관심을 기울였다. 처음에는 단순히 자신을 해고시킨 회사에 대한 일시적인 울분일 거라고 생각했지만 아버지는 거기서 그치지 않았다. 심지어 언젠가부터는 소식도 끊은 채 간간이 안부만 전해왔다.

아버지라면 충분히, 양심과 대의를 위해 자신의 목숨을 내놨을 수도 있다는 생각이 들었다. 하지만 그렇다고 해도 인정하고 싶지 않았다.

'결국 끝까지……'

가족들을 불행하게 만들고 떠났단 말인가?

타인들의 행복을 위해 가족들을 불행하게 만들었다고?

빠드득.

남자는 이가 갈렸다.

"…부검을 한다면 사인을 정확히 밝혀낼 수는 있는 겁니까?"

도수는 고개를 끄덕였다.

"네."

이미 시신의 몸속을 훑어본 그였다. 심장에 붉은색으로 표시된 이물질을 보았다. 생체 활동이 멈춘 이상 그 붉은색 이물질은 사라지지 않을 것이다.

도수를 응시한 남자가 다시 물었다.

"만약 밝혀내지 못한다면?"

"모든 책임을 받아들이겠습니다."

"당신을 고소할 겁니다. 이 병원도."

"아뇨."

도수가 고개를 저었다.

"이 모든 건 제가 진행하는 사항입니다. 병원은 아무런 연관도 없어요. 그리고 어떻게 들으셨는지 모르겠지만 아버님께서 스스로 목숨을 끊으신 게 아니라면 모든 책임은 수술을 집도한 제게 있습니다."

"이름이 뭡니까?"

"이도수입니다."

도수가 말을 이었다.

"이 이야기가 믿음을 드릴 수 있을지 모르겠지만 저는 총상을 입은 아버님을 치료하기 위해 엘 파소 병원에서 헬기를 타고 이곳까지 날아왔습니다. 그러니 제게 부검을 맡겨주신다면 아버님을 그렇게 만든 원흉을 반드시 밝히도록 하겠습니다. 약속드리죠."

"당신 말이 사실이라고 칩시다."

남자가 이어 물었다.

"왜 이렇게까지 하는 겁니까? 당신네 의사들, 환자 일을 자기

일처럼 생각한다고 말은 그렇게 하지만 엄연히 말하면 당신 일이 아니지 않습니까."

"제 일이기도 합니다. 말 그대로 전 환자가 아픈 이유를 찾아내고 치료하는 게 일인 사람입니다. 그리고 아버님께선 제 환자셨죠. 그 외에도 다른 환자들이 있습니다. 확장성 심근병증 환자들이고, 심장 성형술을 받은 분들입니다. 그중에는 B&W의 심장 성형제를 복용한 환자도 있어요. 만약 B&W사의 심장 성형제가 문제가 있다면, 그분들은 근본적인 치료를 받지 못하신 겁니다. 그래서 전 B&W의 심장 성형제에 대한 진실을 알아야 합니다. 그 환자들을 끝까지 책임져야 할 의무가 있으니까요."

"의사 선생, 아직 젊은 것 같은데 한마디만 하죠."

"예."

"우리 아버지와 닮은 구석이 있는 것 같아서 말하는 겁니다. 당신은 양심적으로 마음이 편할지 몰라도, 당신 주위 사람들은 힘들 겁니다. 일에 대한 당신의 열정은 높이 사지만 그게 전부는 아니에요."

"명심하죠."

도수는 진심으로 대답하면서도 아이러니하게 스스로 깨달았다. 자신은 앞으로도 이런 삶을 살아갈 것임을. 이 고집을 절대 바꿀 수가 없으리라는 것을.

그가 사람을 고치고 이런 문제에 깊게 파고드는 건 영웅이 되고 싶어서나 '인류를 위해서'가 아니었다. 자신의 직업이 고되지만 보람차고, 이 일을 할 때 세상 어떤 것보다 값진 감흥을 느낄 수 있기 때문이다.

'내가 사람들을 치료할 수 없다면⋯ 나는 아무것도 아니다.'

늘 그런 생각을 하고 살았다. 자신이 특별할 수 있는 것은 죽어가는 사람을 살리고, 다친 사람을 치료해 줄 수 있어서다. 만약 그 일을 해내지 못한다면 그 순간 그는 특별할 수 없을 것이다.

아니, 크게는 자기 자신의 존재 의미를 잃을지도 모르겠다는 생각까지 들었다.

한편 남자는 여전히 석연치 않은 표정이었으나, 마침내 중년 의사를 보며 물었다.

"⋯이분한테 부검을 맡기려면 어떻게 해야 합니까?"

＊　　　　＊　　　　＊

몇 시간 후, 도수는 부검을 시작했다. 해부학을 배운 적이 있었지만 따로 부검을 배운 적은 없었다. 따라서 부검의가 함께했다.

도수는 가슴을 열고 심장을 확인했다. 얼마나 많이 복용했으면, 병리학자가 스스로 복용한 약물이 그대로 묻어 있었다. 절반은 혈관으로 흘러들어 가고 절반은 스며들어 흔적도 없이 사라졌건만 아직도 치사량 이상의 약물이 남아 있던 것이다.

부검의가 도수를 보며 말했다.

"진짜 있군요."

도수는 고개를 끄덕였다.

"하지만 이것만으로는 부족합니다."

말 그대로였다.

어떤 검사로도 문제점을 밝힐 수 없었던 약물을 대량 확보한다고 해서 숨은 부작용을 밝혀낼 수 있을 리 만무했다.

하지만 병리학자는 자신의 몸을 열어보면 답이 들어 있을 거라고 유서에 썼고.

역시나, 그가 들이켠 약물도 그냥 약물이 아니었다.

샤아아아아아.

도수의 눈에 보이는 물질.

그건 기존 심장 성형제 자체의 약물에 색깔을 입혀 문제가 되는 성분만 구분한 형태의 약물이었다.

*　　　　*　　　　*

물질이란 신비하다.

사람 몸을 매일같이 해체하는 도수마저도 모든 물질을 꿰뚫진 못했다.

시신의 심장을 뒤덮고 있는 물질도 마찬가지였다.

'하지만…….'

물질을 전문적으로 연구하는 사람이 있다면 그보단 훨씬 더 나을 것이다.

심장 성형제라는 약물의 원리는 간단하다. 혈관이나 기능 손상 없이 심장을 녹여서 원상태로 만들어주는 식이었다. 한 가지 더 덧붙이자면 심장이 녹아가면서 고통스럽지 않다는 것. 이로 추론해 볼 때 천천히 심장을 녹일 만큼 강력하면서도 혈관 안에

선 반응하지 않는 물질. 또한 감각을 마비시키는 물질일 확률이 컸다.

심장 성형제가 문제가 되는 것은 이 과정에서 심장의 주요 기관에 타격을 주는 경우가 가끔 발생한다는 점이다. 심장 성형제나 심장 성형제 성분으로 추정되는 마약을 복용하고 저마다 다른 시기에 급사(急死)하는 것이 그랬다.

도수는 멈춘 심장을 덮고 있는 물질을 조심스럽게 걸러냈다.

그러자 앞에 있던 부검의가 물었다.

"왜 지금껏 발견되지 않았을까요?"

"외부에선 발견할 수 없는 약물일 겁니다. 만약 과다 복용으로 즉사하지 않았다면 전부 심장이나 혈관으로 녹아들었겠죠."

"녹아들었다고요?"

도수는 고개를 끄덕였다.

"만약 그러지 않았다면 진작 이 약물을 발견할 수 있었을 겁니다."

바로 그때 부검의가 눈을 부릅떴다.

"이건… 심장이 녹았습니다."

소량 복용할 경우 점차 심장의 표면부터 녹게 된다. 기능에는 문제를 주지 않고. 무시무시한 부작용이었지만 기막힌 반응을 초래하는 약물이긴 했다.

그걸 과다 복용 했을 때, 약물은 심장을 통째로 녹이며 치명적인 손상을 주었다.

'이런 미친놈들.'

도수는 이 약물을 만든 놈들의 대담성에 혀를 내둘렀다. 만약 똑같이 자살하고 누군가 부검을 하는 상황이 있었다면 진즉이 약물에 대한 의혹이 제기됐을 것이다. 하지만 이런 상황은 좀처럼 초래되기 힘든 특수한 상황이고, 혹시라도 이 같은 상황이 발생한다 하더라도 '심장 성형제'가 원인인지 밝혀내긴 쉽지 않았다. 또한 밝혀낼 방법이 있다고 하더라도 '심장 성형제'가 이미 상용화되고 많이 쓰인 상태에선 '심장 성형제'를 사용한 의사들이나 병원들이 문제가 밝혀지는 것을 꺼려 할 터였다.

이 모든 것들은 지금 상황에서도 적용되는 문제점이었다.

하지만 도수는 이 문제를 그냥 넘길 생각이 없었다.

"이 약물의 출처와 공급처가 밝혀진다면 지금 상황을 증언해 주실 수 있으십니까?"

"물론입니다."

부검의가 고개를 주억거렸다.

"이런 무서운 약물은 세상에 존재해선 안 됩니다."

"동감합니다. 괜찮으시다면 미리 영상을 남겨주셨으면 합니다."

"미리요?"

"예. 아직은 약물의 출처나 공급처를 알 수 없고, 밝혀낸다 하더라도 어디서 얼마나 시간이 걸릴지 알 수 없으니까요. 직접 증인으로 참석해 주시기 어려운 상황도 생각해야 할 것 같습니다."

부검의는 잠깐 고민했지만 아직 B&W에 대해 모르고 있는 눈치였다. 만약 세계 최고의 제약 회사가 이 약물과 연관되어 있다는 사실을 알았다면 말이 달라질 수도 있을 터였다. 지금이야 아무것도 현실로 다가온 문제가 없으니 양심적으로 생각할 수 있겠지만 직접적으로 큰 사건에 얽힐 수 있다는 것을 실감하면 대부분은 피하고 싶게 마련이다.

그래서 도수는 미리 제안했고, 부검의는 더 이상 생각할 것도 없다는 듯 대답했다.

"알겠습니다. 그게 좋겠군요."

*　　　　　*　　　　　*

부검실로 쓴 수술실을 나선 도수는 어디론가 전화를 걸었다.

수화기 저편에서 익숙한 목소리가 들려왔다.

―용건 없이 전화하는 스타일은 아닌데.

"맞아요."

도수가 말을 이었다.

"약물 성분을 분석해 줄 믿을 만한 사람을 알아봐 주셨으면 합니다."

―있어. 취재원이었던 사람.

"기자님이라면 그런 사람을 알 거라고 생각했어요."

도수의 말에 매디 보웬이 피식 웃었다.

―너한테 칭찬 들으니 감개무량한데?

그녀가 말을 이었다.

―지금 후아레즈야. 스토커라도 된 것처럼 자꾸 널 쫓아다니게 되네.

"자꾸 B&W와 동선이 겹치니까요."

―정답이야. 그나저나 성분 분석 한다고 약물 성분이 나올까?

지금껏 꼬리가 잡히지 않은 약물이다.

그러나 도수는 냉큼 대답했다.

"나올 거예요. 그걸 위해 한 사람이 목숨을 내놨으니까. 그 전까진 구할 수 없었던 물질을 구했습니다. 심장이 뛰는 움직임에 반응해서 심장을 녹였어요."

—그게 가능한 건가? 약물이 AI도 아니고…….

"심장이 뛸 때마다 몸에 여러 가지 반응이 일어나죠. 혈액이 공급되고 혈압과 체온이 오르며, 심장 자체에도 열감이 생깁니다."

—결국 네가 말한 약물이 그런 생체 변화에 반응한다는 거야?

"제 짐작은 그래요."

—하긴… 몇 가지 성분만 섞어도 폭탄을 만들 수 있으니까.

납득한 매디 보웬이 물었다.

—근데 왜 지금까지 그 약물을 못 구했던 거지?

"특정 생체 활동에 따라 자연스럽게 체내로 녹아들어요. 그리고 나면 흔적도 없이 사라지는 거죠. 이것도 제 추측이긴 하지만 거의 정확합니다."

—그 사람은?

"약물을 과다 복용 해서 즉사했습니다. 그렇기 때문에 체내에 약물이 남은 거죠."

—…누가 그런 짓을?

"B&W에서 근무한 적이 있는 병리학자였습니다. 제가 들은 바에 의하면 B&W의 심장 성형제 연구 개발에 참여했다고 알고 있습니다."

—양심에 의한 자살… 스스로 욕심을 끊으면서까지 약물에 대해 밝혀내려 한 건가?

"우리 추측이 맞다면 B&W에서 본 게 있었겠죠."

—오케이. 일단 알겠어. 네가 말한 사람은 알아봐 줄게.

"그런데 후아레즈에는 무슨 일이에요?"

—빨리도 묻는군.

"마약 단속국 직원 말로는 이 사건과 연관된 카르텔이 저를 노리고 있을 수도 있다고 했습니다. 기자님도 안전하지 않다는 뜻이죠."

—아니, 난 안전해.

"……?"

—미국 대사관이거든.

아아.

그렇다면 이야기가 다르다.

도수보다 훨씬 더 철저한 경호를 받고 있을 터였다.

새삼 기자로서 매디 보웬의 영향력을 실감한 도수가 대답했다.

"만약 제가 그 전에 무슨 일이 생긴다면 엘 파소 병원에서 근무하고 있는 천하대병원 파견 인원들을 찾아가시면 돼요. 편지와 샘플을 보내놨습니다."

그 한마디가 매디 보웬의 가슴을 무겁게 짓눌렀다. 어떻게 보면 도수가 이 사건에 직접적으로 뛰어들게 된 계기도 그녀와 무관하지 않다. 그녀가 만약 도수 부모님과 이 사건과의 연관성을 찾아내 알려주지 않았더라면, 어쩌면 도수는 이 일에 개입하지 않았을 수도 있기 때문이다.

그녀의 심정을 짐작한 도수가 덧붙였다.

"…기자님 때문이 아니에요. 어차피 전 이 일에 연루됐을 겁니다."

빈말이 아닌 확신이었다.

자꾸 B&W와 동선이 겹치고 있었다. 운명이 이리로 이끄는 것이다.

라크리마에서 수도 없이 생사의 고비를 넘기며 느낀 점이 있다. 죽을 사람은 어떻게든 죽는다. 반면 살 사람은 끔찍한 테러 속에서도 생존한다. 두려워한다고 달라질 것이 없고 피한다고 해서 피할 수 있는 것도 아니었다.

그저 살아갈 뿐이다.

자기 자신과 평생 상관없다고 생각한 사고를 당해 병원에 실려 오는 환자들만 봐도 알 수 있었다. 어느 날 하루아침에 누군가의 인생이 뒤바뀌는 곳. 청천벽력과도 같은 상황을 매일 직면해야 하는 것이 응급실 의사의 숙명이었다.

"고생해 주세요. 그럼……"

전화를 끊은 도수는 나지막이 한숨을 내쉬었다. 슬슬 이 길고도 지난한 싸움의 결말이 다가오고 있는 느낌이었다. 이 싸움을 하며 마치 한 번의 대수술을 하는 것 같은 기분을 느끼고 있었다.

수술실에서.

수술의 성패를 결정짓는 순간은 환자에게도, 그리고 의사에게도 찾아온다. 환자는 매 순간이 사투겠지만 의사에게 그와 같은 순간은 온몸이 녹초가 되고 절망이 시커멓게 덮쳐오는 순간이다.

절대 환자를 살릴 수 없다는 판단이 들고 환자의 죽음이 눈에 잡힐 듯 선명하게 보이는 순간. 모든 걸 내려놓고 싶은 그 찰나의 순간이야말로 환자의 생사를 결정짓는 히든 타임이다.

그리고 도수에게는 이 순간이 그런 히든 타임이었다. 지치지만 포기하지 않아야 하고 두렵지만 용기를 내야만 한다.

개인이 짊어지기에는 너무나 무거운 짐이었으나, 이 순간을 견뎌야 앞으로 스러질 수도 있는 수많은 생명들을 되살릴 수 있을 터였다.

*　　　　*　　　　*

그 일이 있은 후 도수는 도수대로 결전을 준비했다. 엘 파소에서 받은 심장 성형술 대상 환자들을 아사다 류타로의 눈을 통해 관찰했다. 아사다 류타로는 도수 못지않은 실력을 가진 흉부외과 파트의 권위자였기에 누구보다 세심하고 정확했다. 그의 보고서는 한 장, 한 장이 한 편의 논문이라고 해도 무방할 정도 수준을 갖추고 있었다.

그렇게 무슨 일이 일어날 듯, 일어나지 않으며 며칠이 지났을 때 매디 보웬에게서 연락이 왔다.

—대사관을 통해서 사람을 보냈어. 네가 원하는 적임자야. 후아레즈 병원과도 이야기가 됐으니 연구실을 제공해 줄 거야.

굳이 하나하나 말해주지 않아도 알아서 척척 할 일을 하는 여자였다. 아니, 기대 이상의 성과를 가져오는 능력자다.

"감사합니다."

도수는 그날 오후 매디 보웬이 보낸 연구원을 만날 수 있었다. 그녀가 보낸 사람답게, 해당 연구원은 도착하자마자 연구실에 들어가서 일에 착수했다.

"보름 정도는 걸릴 겁니다."

보름.

긴 시간이었지만 맥시멈으로 이야기한 것 같았다. 도수가 고개를 끄덕였다.

"알겠습니다."

"…상황은 들었습니다. 만약 이 약물이 B&W와 관련이 있다면 정말 어마어마한 여파가 있겠군요."

누구도 그 여파를 대비하거나 감당할 수 없을 것이다.

그러나 도수는 그의 두 눈을 똑바로 마주 보며 대답했다.

"하지만 반드시 해야 할 일입니다."

연구원은 고개를 주억거렸다.

"맞습니다. 하지만 두려운 건 어쩔 수 없군요."

씁쓸한 미소.

도수가 대답했다.

"선생님께 피해가 갈 일은 없을 겁니다. 완벽히 준비가 되기 전까진 일련의 과정에 대해 공개할 생각이 없으니까요."

"…감사합니다. 당신에 대해 매디 보웬 기자님께 들은 적이 있습니다. 언제나 용감하게 앞일을 헤쳐 나간다고요. 어린 나이에 대단합니다. 이런 일에 뛰어들다니… 실력만큼 용감한 분이군요."

도수는 공치사를 듣고 싶지 않았다. 그 역시 어쩔 수 없이 뛰어들 수밖에 없었다. 세상 대부분의 일들은 자신의 의지와는 관계없이 흐름대로 따라가게 마련이다. 도수 또한 그런 케이스였다.

라크리마에서도, 한국에서도, 그리고 지금도 남들은 칭송하고 있지만 그에게는 '죽어가는 사람을 두고 볼 수 없기 때문'이라는 단순하고도 분명한 동기가 있을 따름이었다.

"꼭 좀 부탁드립니다. 이 일이 완전히 해결되지 않는다면 환자들의 목숨뿐 아니라 제 목숨까지도 위협받을 테니까요."

"걱정 마십시오."

대답한 연구원은 칭찬을 받고도 조금도 거드름을 피우지 않는 도수를 새삼스레 쳐다보며 말을 이었다.

"제 입으로 얘기하긴 낯간지럽지만… 저는 이 분야에서 최고입니다. 그래서 기자님도 저를 이리로 부른 것이고요. 성분에 대해선 확실히 분석을 해두겠습니다. 가져오신 이 성분이 문제가 되든 아무 문제가 되지 않든… 성분을 밝혀내는 것 자체가 문제가 아니라 앞으로가 문제일 겁니다."

"……."

누구든 결과에 따른 책임을 질 수밖에 없을 터였다. 만약 B&W의 심장 성형제가 이 약물과 아무 관련이 없다고 결론이 난다면, 카르텔과 B&W가 무관하다는 결말이 나오게 되면 도수는 B&W를 의심한 데 대한 값을 치를 것이다. 어쨌든 B&W에서 생산한 심장 성형제에 대해 거짓된 정보를 유포하고 다닌 셈이 되기 때문이다.

하지만 그렇다 하더라도.

도수는 진심으로 자신과 매디 보웬, 그리고 많은 사람들이 생각만 하고 밝혀내지 못했던 의혹이 신기루였으면 하고 바랐다. 어떤 책임을 지게 되더라도 그 편이 해피 엔딩일 테니까.

그리고 그런 생각을 가진 채.

보름이 훌쩍 흘렀다.

제5장

종전(終戰)

보름 후.

연구원이 도수의 방으로 찾아왔다.

"결과가 나왔습니다."

그는 파리한 얼굴로 결과지를 내밀었다. 이를 확인한 도수가 고개를 들었다.

"설명 부탁드립니다."

"환자가 복용한 약물, 그러니까 B&W사에서 개발한 심장 성형제는 마약과 흡사합니다."

"어떤 점에서요?"

"해당 약물로는 어떤 병도 치료가 불가능한 것은 물론, 오히려 서서히 환자를 죽음에 이르게 할 겁니다."

"……."

도수는 눈을 질끈 감았다. 우려했던 바가 사실로 드러나는 순간이었다.

"어떤 방식으로 복용자를 죽어가게 만드는지 알 수 있을까요?"

"예. 전에 말씀하셨던 것과 일치합니다. 지속적으로 복용할 시에 통증을 가라앉히고 근육을 출혈 없이 녹여 심장 크기를 조절해 주는 건 맞습니다. 하지만 통증이 줄어드는 것은 마약 성분으로 인한 신경 이상 증상이며, 심장 크기를 줄여주는 것도 종국에는 심장을 손상시켜 죽음에 이르도록 만들 겁니다. 게다가 중독성도 현재 시중에서 판매되는 마약 이상이니 중간에 복용을 중단하기도 쉽지 않겠죠."

"중독성, 일시적인 통증 완화 효과, 신체에 손상을 주는 것… 모두 마약과 동일하군요."

"그렇습니다."

"이런 미친놈들."

도수는 욕설을 씹어뱉었다. B&W의 만행이 사실로 드러나자 참기 힘든 분노가 솟구쳤다. 세계 굴지의 제약 회사에서 대체 왜 모든 것을 잃을지도 모르는 짓까지 서슴없이 해가며 문제를 일으키는 걸까?

아직은 이해할 수 없는 행보였다.

미간을 구기고 있던 도수가 물었다.

"증언을 부탁드려도 되겠습니까?"

"물론입니다."

연구원 역시 진지한 표정으로 대답했다.

"이런 약물이 시중에 판매될 걸 생각하면 끔찍합니다. 이에 대해 알면서도 함구한다면 살인을 방관하는 것과 뭐가 다르겠습니까?"

역시 매디 보웬이 소개해 준 사람다웠다.

도수는 새삼 혼자 싸우는 게 아니라는 생각에 든든해졌다. 매디 보웬도, 연구원도, 그에게 협조하는 다른 의료진들도 아무런 대가 없이 B&W와 싸우고 있었다. 심지어 그의 환자였던 병리학자는 이를 위해 기꺼이 목숨을 바쳤다.

도수는 의지를 담아 말했다.

"감사합니다. 어떤 방식으로든… 이 문제는 곧 정리될 겁니다."

*　　　　*　　　　*

부검의의 동영상과 병리학자의 증언을 확보한 도수는 매디 보웬, 그리고 엘 파소에 있는 천하대병원 인력에게 각각 자료를 전송했다.

이제 남은 것은 카르텔과 B&W의 관계를 밝혀내는 것뿐이었다. 그 방법은 간단했다. B&W가 만든 심장 성형제의 문제점을 터뜨린다면 어떤 방식으로든 카르텔도 움직일 것이다.

죽음보다도 미국의 감옥을 더 두려워하는 카르텔 입장에선 미국의 제약 회사로 마약을 유통한 사실이 알려지는 즉시 왕처럼 군림하며 누리고 있는 모든 특권을 포기한 채 쫓기는 상황이 발생할 테니까.

따라서 도수가 다음으로 한 일은 매디 보웬을 만나는 일이었다.

"제약 회사에 대해 밝힌 것들을 언론을 이용해 터뜨려야겠습니다."

매디 보웬이 고개를 끄덕였다.

"그 문제는 걱정 마. 그나저나… 이 문제가 불거지면 한바탕 난리가 나겠다."

그럴 수밖에 없다.

세계 각지의 병원들이 B&W와 거래를 하고 있기 때문이다. 그 정도 영향력을 끼치고 있는 집단이니 이번 일과 같은 대담한 짓을 저지를 수 있었으리라.

매디 보웬이 걱정스럽게 물었다.

"네 할아버지의 사업도 영향을 받을 수 있어."

천하대병원 역시 B&W의 제품을 많이 받아 쓰는 병원들 중 하나였다. 그러나 도수는 할아버지에 대해 어느 정도 알고 있었다. 도수 부모님의 죽음이 B&W와 관련되어 있다는 것을 알면서도 되레 B&W 한국지사장을 가까이 둔 사람이었다.

"할아버지도 모두 알고 계세요."

"그게 정말이야? 천하대 이사장이?"

"예. 그간 묵과할 수밖에 없었던 건 몰라서가 아니라 증거가 없어서였어요. 할아버지도 이 문제가 해결되길 바라고 계실 겁니다."

"쉽지 않은 결정이셨을 텐데."

"그분도 의사셨으니까요."

"……."

매디 보웬은 고개를 끄덕였다.

"오케이. 그럼 이제 문제는 없을 것 같고… 기사 내보낼게."

"네."

"네 이름도 거론될 거야."

"알고 있습니다."

도수 역시 각오한 바였다. 처음에는 이 일에 깊게 개입되고 싶지 않았지만, 이미 개입된 이상 빨리 모든 문제를 정리하는 것이 급선무였다.

매디 보웬이 말했다.

"B&W에 제대로 한 방 먹일 수 있을 거야."

*   *   *

매디 보웬의 추측은 정확했다. 기사가 나가기 무섭게 모든 방송사에서 B&W와 관련된 내용을 보도하기 시작했다. 그전까지 쉬쉬하고 있었던 곳들도 마찬가지였다. 그들 모두 태세 전환을 했고, B&W는 고립되기 시작한 것이다.

따라서 B&W 역시 태세 전환을 할 수밖에 없었다.

"카르텔과의 관계를 정리해야 합니다."

그 말을 들은 회장은 나지막한 한숨을 내쉬었다.

"일개 의사 하나도 처리 못 해서 이 지경까지 오다니."

"……."

"우리가 이 프로젝트에 들인 돈이 얼만 줄 아나?"

"죄송합니다."

이번 프로젝트를 담당하고 있던 B&W 사장이 고개를 숙였다.

"최대한 여파가 없도록 조치하겠습니다."

"자네도 일단 일선에서 물러나는 게 좋겠네."

회장은 이번 프로젝트와 연관된 모든 연결 고리를 끊고 한 걸음 물러날 생각이었다.

사장 역시 이번 프로젝트의 총괄 이사를 맡았을 때부터 예상하고 있던 행보였다. 일이 잘못될 경우 자리를 내놓아야 할 만큼 위험성이 높은 프로젝트였다. 일이 틀어진 것은 도수 때문이 아닌 자신의 소홀한 처신 때문이라고. 그는 회사 대신 스스로를 원망했다.

"물론입니다. 카르텔 건까지만 제가 처리하고 물러나도록 하겠습니다."

"그래. 회사 차원에서 보상할 거야. 자네가 지금껏 고생한 것에 대해 충분한 퇴직금이 지급될 걸세."

"감사합니다."

"천만에… 단, 이번 일을 잘 해결하는 조건이란 것은 잊지 말게."

"예. 물론입니다."

"자네도 알겠지만 우리 회사는 무너지지 않아."

"알고 있습니다. 저 역시 회사가 무너지지 않는 걸 원하고요."

회장은 고개를 끄덕였다.

"이번 프로젝트를 우회해야 해서 유감이지만 때가 되면 다시 불러들이지. 이 프로젝트에 대해 가장 잘 알고 있는 건 자네니

까. 이번에는 이도수 같은 걸림돌이 생기지 않도록 터를 잘 닦고
다시 해보잔 뜻이야. 어차피 이번 프로젝트는 메인이벤트를 위
한 전초전일 뿐이니까. 내 말 알겠나?"

"예. 감사합니다."

사장은 고개를 숙였다. 그는 회장이 자신이 뱉은 말은 반드시
지키는 사람인 것을 알고 있었다. 회장의 말에 따르면, 일단은
모든 것을 내려놔야 한다. 이번 프로젝트와 관련된 이들을 잘라
내기 위해선 총대를 멜 사람이 필요했다.

"그럼 이만 나가보겠습니다."

사장은 끝까지 충성심을 버리지 않았다. 회장과 그가 이끄는
B&W에 대한 믿음 때문이다. 미국에서 제약 회사의 영향력은
어마어마하고, 개중에도 B&W의 힘은 상상을 초월했다. 다른 제
약 회사였다면 이번 사태가 일어난 순간부터 수명을 다했다고
봐야겠지만 B&W만큼은 달랐다. B&W는 미국이란 나라가 망하
기 전까진 추락할 일이 없었다. 이번 심장 성형제 개발에 투자
를 한 것도, 심장 성형제와 신약 성분을 검사하고 판매 허가를
내준 곳도 정부 기관이었기 때문이다.

＊　　　　　＊　　　　　＊

B&W가 타격을 받은 것보다 더 막다른 궁지에 몰린 것은 후
아레즈 카르텔이었다. 그들은 원래 하던 대로 마약을 만들고 미
국으로 밀반입을 했을 뿐이지만, 이번 일은 규모가 달랐다.

그전까지 미국이란 큰 시장에서 어마어마한 수익을 내온 카르

텔이다. 이 돈으로 무기도 사고 잠수함까지 구입해 가며 멕시코 정부와 전면전을 벌여왔다.

하지만 그럼에도 미국은 직접적으로 개입하지 않았다. 마음먹으면 카르텔을 쓸어버릴 수도 있지만 멕시코와의 국제관계도 걸려 있을뿐더러 파고들수록 굉장히 골치 아픈 문제이기 때문이다.

어차피 마약과의 전쟁에서도 경험했지만, 미국은 카르텔을 완전히 근절하진 못했다. 한·세력을 없애면 또 다른 세력이 자라나고, 그들은 새로운 방법을 찾아 더 교묘하게 저항했던 것이다.

하지만 이번엔 달랐다.

단순한 '마약'이 일부 중독자들이 이용하는 시장에서 횡행했다면 제약 회사와의 커넥션은 미국 국민 전체를 위협할 수 있는 일이었기 때문이다. 이렇게 되면 국민들은 병원도 마음 놓고 못 갈 환경에 처한다. 그동안 당연스레 이용했던 병원이나 복용해 왔던 약도 불신할 수 있게 된다. 그리고 이 모든 비난은 허술한 정부에 쏟아질 터였다. 더불어 카르텔에 대한 적개심은 DEA 요원들이나 일부 관계자들을 넘어 세계적으로 증폭될 터였다.

"망할 미국 놈들!"

카르텔 수장이 외치는 대상은 미국 전체가 아닌, 제약 회사 '브라운&윌리암슨'이었다.

"아무 문제 없을 거라더니… 의사 새끼 하나 처리 못 해서 이게 무슨 사단이야?"

"보스, 자중하셔야 합니다. 이미 기사가 나간 지금 그 의사 놈을 건드리면 불난 데 기름 붓는 꼴이 될 겁니다."

"그 자식을 건드리지 않으면? 이 상황이 잘 무마될 거라고 보는 건가?"

"그건……."

"이건 DEA 요원 한둘 죽인 것과는 차원이 다른 문제야. 미국에선 우릴 못 잡아먹어 안달 낼 거다. 벌써 특수부대를 파견했을지도 모를 일이지."

"피하셔야 합니다."

다른 부하가 말했다.

이번 의견은 제법 귀에 들어왔다.

따라서 후아레즈 카르텔의 수장은 고개를 주억거렸다.

"그래, 피해야겠지. 하지만 그냥은 못 피한다."

"……."

"우릴 이 꼴로 만든 놈을 이대로 두고 달아날 수는 없지."

카르텔이 무서운 점은 SNS에 욕 한마디만 올려도 찾아와서 죽인다는 점이다. 그렇게 조성한 공포를 무기 삼아 강성한 세를 유지하고 있었다. 물론 어디까지나 치안이 열악한 멕시코에 한한 일이었으나, 도수는 멕시코에 있었다. 멕시코 후아레즈는 그들의 왕국이자 무법 지대였다.

"놈을 잡아 와."

"죽이지 않고요?"

"아직 의혹밖에 제기되지 않았을 때, B&W는 우리와 관계를 끊으려고 들 거다. 의혹이 사실로 되면 그놈들도 감당 못 할 일이 생길 테니까. 똥 싼 놈이 치우지도 않고 튀려는 속셈이지."

"그렇겠죠."

"하지만 우리가 이번에 B&W를 공격한 의사 놈을 쥐고 있으면? 그놈은 이번 사건의 열쇠가 된 놈이야. B&W는 그놈 입에서 또 어떤 얘기가 나올지 벌벌 떨고 있을 거란 뜻이다."

개중에 똑똑한 부하가 화색을 띠었다. 그는 보스의 말에서 이 상황에 대한 해결책을 찾은 것이다.

"의사 놈을 잡고 B&W를 협박하면 되겠군요."

보스가 고개를 끄덕였다.

"그 제약 회사 놈들은 바퀴벌레 같은 놈들이야. 이 정도 일로 절대 망하지 않는다. 하지만 우리와의 관계가 밝혀진다면 돌이킬 수 없는 타격을 입겠지. 우리가 백날 떠들어봐야 어차피 그 놈들은 부인할 거다. 당연히 미국 놈들도 우리 말을 믿진 않겠지. 하지만 그 의사 놈이 떠든다면 얘긴 달라져."

"하긴… 미국에서도 놈은 이미 영웅이 됐다고 합니다."

"그래. 그래서 가치가 있는 거다. 그놈은 살아 있는 증거야. 그 놈을 없애줄 테니 이 문제를 무마해 달라고 협박할 생각이다."

그에 부하가 낄낄댔다.

"저들만 살려고 했을 텐데 머리깨나 아프겠군요."

"그럴 힘이 있는 놈들이야. 우리가 여길 떠나면 어딜 가서 뭘 해먹고 살겠어? 또 우리 가족들은? 영영 우리의 고향에 돌아오지 못할 거야. 그럴 수는 없다. 휴양지에 가서 여자 궁둥이나 두드리며 살게 되든, 미국 감옥에 가게 되든… 그럴 바에는 죽는 게 나아. 무슨 수를 써서든 그 의사 놈을 잡아 와라. 그놈이 우리 생명 줄이야."

        *   *   *

　한편 도수는 엘 파소로 복귀하기 위한 준비를 서두르고 있었다.

　다른 이들의 우려처럼 이곳에 오래 남는 것은 위험했다.

　궁지에 몰린 쥐도 고양이를 문다고 하는데, 미국령에 속한 엘 파소 병원 주차장에서 사람을 쏘는 막장 카르텔이 어떤 일이 벌일지 알 수 없었다.

　이동 목적으론 병원 헬기를 이용할 수 없었기에, 도수는 이근육과 상의 끝에 차로 이동하기로 이야기를 마쳤다. 속속들이 경호 요원들이 도착한 후 그들은 함께 차를 탔다.

　"안전하게 모시겠습니다."

　이근육이 말했다.

　그는 라크리마에서의 실수가 마음에 걸렸는지 이번에는 만반의 준비를 한 상태였다.

　그렇다고 안심할 수는 없었다.

　멕시코 카르텔은 범죄 조직 주제에 잠수함을 구입해서 숨겨둘 정도로 규모가 큰 조직이었으므로.

　경호 인력을 아무리 많이 동원한다 해도 압도적인 화력 앞에선 오합지졸에 불과한 법이다.

　다소 불안한 분위기 속에서 이동한 지 얼마나 됐을까?

　미국 국경이 저 멀리 보이는 시점에, 이근육이 주위를 살피며 표정을 굳혔다.

　"놈들인 것 같습니다."

도수 역시 그 시선을 좇았다.

주변 차량 안에 각각 네다섯 명의 남자들이 타고 있었다. 한 두 대 차량만 그런 게 아니었다. 수십 대의 차량 안에 남자들만 대거 탑승하고 있는 광경.

창문을 통해서 총기가 보이진 않았지만 가족 단위도 아니고, 느낌이 좋지 않았다.

이내 도수가 물었다.

"카르텔인가요?"

"시카리오들일 가능성이 있습니다."

이근육이 대답했다. 시카리오. 멕시코 카르텔의 암살자들을 가리키는 단어다. 그는 무전기를 들어 앞뒤에 배치된 차량 안에 탑승하고 있는 경호원들에게 지시했다.

"충돌에 대비한다."

여기서 충돌이라는 것은 총격전이 벌어질 수 있다는 것을 의미했다.

그 말이 떨어지기 무섭게.

주변에 있던 차량들 문이 열리기 시작했다. 국경 검문으로 꽉 막힌 상태라지만 도로 위에서 차 문을 열고 내리는 것 자체가 평범한 일은 아니었다. 아니나 다를까, 그들은 각각 손에 기관총 을 꺼내 들고 있었다.

"꺄악!"

"총이다!"

창문을 열고 더위를 식히던 사람들이 비명을 내지르자 순식 간에 아수라장이 됐다.

적들이 이를 드러낸 이상 경호원들이라고 가만있을 리 없었다. 안 그래도 단단히 무장하고 있던 그들은 차에서 내리며 적들을 겨누었다.

가장 먼저 총성이 터진 것은 카르텔 쪽이었다.

타앙! 탕! 타타타타타탕!

총격이 오가기 시작했다.

경호원들과 시카리오들은 서로를 쏴대며 차량 뒤에 몸을 엄폐했다.

반면 총탄이 날아들자 이근육은 도수를 감싸며 외쳤다.

"차량 옆쪽으로 이동하십시오!"

도수가 반대쪽 문을 열고 내렸다.

총탄이 어디서 어떻게 날아올지 알 수 없었다.

그나마 라크리마에서 이런 상황을 수도 없이 겪었던 도수여서 망정이지, 평화로운 지역에서 살았던 사람이라면 몸을 웅크린 채 꼼짝도 하지 못했을 것이다.

총성만이 총알이 날아온다는 걸 알려주고 있었다. 눈으로 볼 수도, 반사신경으로 피할 수도 없는 노릇이었다. 이것 자체만으로도 어마어마한 공포였다.

그야말로 재수 없어서 눈 먼 총알에 한 발 맞기라도 하면 머리가 날아가거나 심장이 뚫릴 수도 있는 까닭이다.

"젠장!"

이근육은 욕지거리를 뱉었다. 이런 상황을 대비했다고 해서 두렵지 않은 것은 아니었다. 그건 영화 속에서나 나오는 주인공들의 모습이고, 실상은 아무리 노련한 베테랑 요원이라도 공포를 느낄 수밖에 없다. 단지 노련한 이들은 사태에 비교적 침착하게 반응하는 것뿐이다.

"앞뒤가 다 막혔습니다!"

이근육이 말했다. 안 좋은 소식이었다. 퇴로가 막혔다는 뜻이니까. 그에 반해 시카리오들의 수가 너무 많았다. 경호 인력을 최대한 동원한다고 동원했는데도 시카리오들 머릿수의 절반도 되지 않았다.

"빌어먹을… 완전히 작정을 한 것 같습니다."

그 말에 도수가 고개를 끄덕였다.

"병력이 너무 많아요."

이근육은 눈을 동그랗게 떴다. 이렇게 침착하다니. 제아무리 전쟁터에서 살았던 소년이라 해도 일반적인 반응은 아니었다.

게다가 이근육만큼이나 상황을 냉정하게 주시하고 있지 않은가?

도수는 한술 더 떠서 말했다.

"제 목숨을 노리는 게 아닙니다."

그 말을 들은 이근육이 물었다.

"어떻게 확신하십니까?"

"만약 제 목숨을 노렸다면 이쪽을 집중사격 해야 하는데, 정작 경호원들이 숨은 곳으로 총격을 가하고 있습니다."

"그것뿐입니까?"

"아뇨, 더 확실한 방법이 있는데 굳이 정면충돌을 하는 것도 이상합니다. 멕시코 카르텔에 대해 조사를 해봤어요. 놈들은 제거 대상이 생기면 대부분 폭탄을 씁니다. 여기가 미국도 아니고,

치안이 허술한 후아레즈에서 차량 몇 대에 폭탄을 설치하는 건 어려운 일이 아니에요. 그럼에도 희생을 감수하고 국경에서 총격전을 벌인다? 이상하지 않아요?"

"이 상황에 그런 생각을……."

탕탕탕!

타타타타타타타!

총성이 들려왔다.

이근육은 힘겹게 말을 이었다.

"폭탄을 설치했으면 우리가 먼저 놈들의 의도를 알아챘을 겁니다."

의도가 밝혀질 것을 우려해서 폭탄을 설치하지 않았다는 뜻인데.

카르텔의 방식은 공포심을 심어주고 움직이는 것이다.

적어도 도수가 조사한 바에 의하면 그랬다.

'힘들겠어.'

전황은 급박하게 돌아가고 있었다. 경호원들이 밀리는 게 확연히 보였다. 이미 과반수의 요원들이 총상을 입은 상태. 이렇게 눈에 보일 정도로 손실을 보고 있다면 결말은 안 봐도 뻔했다.

'군경이 올 때까지 못 버틴다.'

그새 라크리마에서 수많은 전투를 목격했던 도수의 판단이었다.

무의미한 사상자가 발생할 테고 결국 도수가 납치를 당했을 땐, 몇몇만 살아남을 것이다.

결과는 변하지 않을 것이 불 보듯 뻔했다.

명중률이나 실력은 경호원 측이 압도적으로 우월했지만 시카리오들의 쪽수가 몇 배는 많았기 때문이다.

"…위치추적기 주세요."

도수의 말에 이근육이 눈을 부릅떴다.

"설마……?"

"방법이 없습니다."

"안 됩니다."

그러나 도수는 고개를 저었다.

"구하러 오세요. 저는 한국인이지만 미국 시민권도 가지고 있습니다."

사실이었다.

미국인들을 살리고 영웅이 됐을 때 받은 혜택이다. 결국 미국의 의사 자격을 취득하진 않았지만 시민권은 보유하고 있었다.

안타까운 현실이지만, 한국인으로서 납치당한 것과 미국인으로서 납치당한 것의 여파는 다를 수밖에 없었다. 그게 바로 국가가 가진 힘이고 국제사회에 미치는 영향력이다.

미국 시민이 납치당했다면 미국은 가만히 있지 않는다. 더구나 미국에서 영웅으로 불리는 젊은 의사가 납치를 당한다면 수단과 방법을 가리지 않고 구하려고 들 터였다.

놈들이 도수의 목숨을 노린다면 아무런 의미가 없겠지만, 그들은 왠지 목숨을 노리고 있지 않았다.

"추적기."

도수 말에 이근육은 다시 한번 주위를 훑었다. 전투가 가능한 경호원들의 수가 현저히 줄어 있었다. 이미 전력이 무너지는 것

은 예정된 사실. 안타깝게도 그러한 양상이 점점 더 가속화되고
있었다.

"개자식들⋯⋯!"

이근육은 이를 갈았다. 설마 일개 범죄 조직이 이 정도 병력
을 동원할 줄은 꿈에도 몰랐다. 심지어 놈들 중에는 매수된 경
찰들도 껴 있었다. 국경 인근은 놈들의 손이 닿지 않는 곳이라
고 생각한 게 실수였다.

그야말로 이런 식으로 국경에서 전쟁터를 방불케 할 규모의
총격전을 벌인다는 것은 너 죽고 나 죽자는 뜻이다. 그럼에도 놈
들은 예측을 부수고 더 과감하게 움직였다.

"꼭 구하러 가겠습니다."

이근육이 추적기를 내밀자, 도수가 망설임 없이 추적기를 삼
켜 버리고 대답했다.

"매디 보웬 기자한테 연락하세요. 그쪽이 빠를 겁니다."

그녀는 도수가 어떤 사람들과 연관되어 있는지 훤히 파악하고
있을 터.

도수에게 은혜를 입은 사람들이 움직여만 준다면 훨씬 더 빠
른 구출이 가능할 터였다.

물론 그 전까지 버티는 건 도수의 몫이다.

'최대한 협조한다.'

그래야 한다. 계속 협조하지 않는다면 죽음보다 더 큰 고통을
맛보게 될 터였다. 그래서 멕시코 카르텔에 대해 알고 있는 이들
은 잡혀가는 것보다 차라리 죽는 쪽을 선택할 정도다.

이내, 이근육이 무전기를 들었다.

"항복한다. 무장해제, 무장해제."

그는 하얀 내의를 북 찢어 벌집이 된 차량 보닛 위로 흔들었다.

경호원들이 무장해제를 하자 총격이 멎었다.

이근육이 먼저 일어났고, 경호원들 역시 모습을 드러냈다.

항복 의사를 확실히 한 것이다.

역시나 시카리오들은 도수의 목숨이 목적이 아니었는지 다들 총을 겨눈 채 모습을 드러내고 말했다.

"닥터 리를 넘겨라."

그제야 도수가 몸을 일으켰다. 그는 두 손을 든 채 그들을 향해 걸어갔다.

두근, 두근······.

심장이 가파르게 뛰었다.

그래, 라크리마에서도 반군에서 납치된 가운데 탈출했던 그였다. 이런 일이 처음이 아니었기에 그는 공포심을 꺾고 침착할 수 있었다.

목숨을 걸고 좋은 의사로서의 사명은 사람을 살리는 일. 수많은 사람들의 목숨을 희생한 채 잡혀가는 것은 그의 사명에도 위배되는 일이었다. 죽어가던 사람을 살리기 이전에 죽어가는 사람이 없게끔 하는 것이 먼저지 않겠는가.

성자라도 되냐고?

아니.

결과가 변하지 않음을 알기에 할 수 있었던 판단이다. 두려움이 치밀었지만 심호흡을 하며 카르텔 앞에 당도했다. 이들도 사람이었다. 자신의 이익을 위해 기꺼이 악마의 탈을 쓴 사람. 정신을 바짝 차리고 놈들의 이익에 반하지 않는 판단을 한다면 살길이 있을 것이다.

"죽일 거 아니면 빨리 갑시다."

오히려 총을 들고 있는 시카리오가 당황했다. 이토록 당당한 태도로 납치되는 놈은 본 적이 없기 때문이다. 하지만 그것도 잠시. 시카리오는 도수의 머리에 검은색 면포를 씌웠다.

"가자!"

거칠게 밀어붙였다.

순식간에 차에 태운 뒤 출발한다.

구해달라고 소리를 지르고 싶었지만 도수는 그게 무의미하다는 걸 알고 있었다. 만약 누군가 자신을 구할 수 있었다면 총격전이 한참일 때 나섰을 것이다.

어디론가 한참을 향했다.

시카리오들이 멕시코에서 쓰는 에스파냐어로 무어라 지껄이는 소리는 들려왔으나 내용을 알 수는 없었다. 그 외에 놈들은 도수에게 어떤 말도 묻거나 말하지 않았다.

그리고 차가 멈췄을 때, 도수는 다시 국경과 멀어졌음을 직감했다. 면포를 벗고 마주한 곳은 한눈에 봐도 인적이 드문 카르텔의 아지트였다.

시카리오들이 다시금 도수를 몰아붙이며 아지트 안쪽에 있는 작은 방 안으로 데리고 들어갔다. 그런 뒤 의자에 손발을 결박하고 영어로 말했다.

"개같은 새끼! 너 하나 때문에 이게 무슨 고생이야?"

이자도 이번 총격전에서 동료를 잃었을 것이다. 또한 그들의 보스는 도수 탓에 도망자 신세가 될 판이다. 자신들의 벌이에도 영향을 받게 된 셈이다.

"보스 명령만 아니었으면 죽여 버렸을 텐데."

시카리오가 이를 갈았다.

보스란 자의 지시가 아니었다면 한 점의 망설임도 없이 방아쇠를 당겼을 것이다.

도수도 알고 있었다.

"당신들 보스는?"

"닥치고 기다려."

짝!

뺨을 사정없이 후려갈긴 시카리오가 침을 퉤 뱉더니 밖으로 나갔다.

그리고 잠시 후.

한 사람이 방 안으로 들어왔다.

그는 카르텔의 보스가 아니었다.

도수의 기억 저편에 어렴풋이 떠오르는 얼굴. 그 얼굴보다 주름이 더 늘고 살이 빠졌지만 그 얼굴이 분명했다. 시카리오들이 들이닥쳤을 때보다 더 큰 충격을 받은 도수는 눈을 부릅뜬 채, 감히 상상도 못 했던 한마디를 뱉었다.

"아빠?"

* * *

"도수냐?"

아버지였다.

도수는 혼란스러웠다.

'마약에 중독된 건가?'

그렇지 않고서야 아버지가 보일 리 없다. 아버지의 마지막을 두 눈으로 확인했으니까. 부모님은 라크리마에서 돌아가셨다.

그런데 너무나 생생했다.

깊게 파인 주름 하나하나. 눈에서 하염없이 흐르고 있는 눈물까지.

아버지가 떨리는 손을 들어 도수의 얼굴을 어루만졌다. 감촉 또한 피부를 통해 느껴지고 있었다.

"정말… 아빠예요?"

"그래."

아버지는 입을 다물었다가 말했다.

"해주고 싶은 얘기가 많지만 시간이 없다. 카르텔 놈들이 우리 관계에 대해서 눈치채면 안 돼. 내가 여기 온 이유는 네 건강 상태를 알아보기 위해서다."

"제 건강상태를요?"

"그래, 고문을 어디까지 버틸 수 있는 상태인지."

도수는 눈을 질끈 감았다. 역시 카르텔 놈들의 생각은 상상을 초월한다. 잡아 오자마자 바로 고문할 생각부터 하다니.

의외로 겁먹거나 당황하지 않는 도수의 얼굴은 본 아버지는 고개를 저었다.

"우리가 그렇게 되고 네가 얼마나 고생했는지 안 봐도 알겠구나."

도수가 하고 싶은 말이었다. 비록 오랜 세월이 지났다지만 아
버지의 모습은 생각보다 더 늙고 여위어 있었다. 그러나 그간 일
에 대해 묻는 것보다 급한 질문이 남아 있었다.

"어머니는요?"

아버지는 고개를 저었다.

"네 생각대로……."

목이 메는지 말을 잇지 못한 그가 화제를 돌렸다.

"그래도 네가 살아 있단 것만으로도 난 너무 기쁘단다."

"아……."

도수는 두 번 어머니를 잃은 기분이었다. 아버지를 이렇게 만
났으니 기쁜 마음이야 이를 데 없으나 그로 인해 가졌던 한 가
닥 희망이 무참히 사라진 것이다.

한편 아버지가 그를 찾지 못한 것도 이해가 갔다. 난민 생활
을 십여 년 가까이 했으니 전쟁터인 라크리마에서 부자(父子)가
재회하기란 쉽지 않았을 터다. 아마도 아버지는 어머니와 도수
를 동시에 잃었다고 여겼을 테고, 당시의 도수 못지않은 절망에
빠졌을 터였다.

하지만 그렇다 해도.

왜 아버지가 카르텔의 본거지에 있는 걸까?

"어떻게 여기 계신 거예요?"

주위를 훑은 아버지가 도수에게 주사 놓을 준비를 하며 말했
다.

"난 그 이후 우리 가족을 그렇게 만든 놈들을 쫓았다. 처음에

는 반군의 우발적인 소행인 줄 알았지만 누군가 의도적으로 일으킨 일이었어."

"어떻게요?"

"반군에 군자금을 지원해 준다는 조건으로… 놈들은 거액이 걸린 프로젝트를 진행 중이었고, 나와 네 어미는 그 프로젝트의 걸림돌이었다. 하필이면 매일 사람이 죽어나가는 라크리마에서 연구를 진행하고 있었으니 그런 일을 저지르기가 더 손쉬웠겠지. 우린 설마 그렇게까지 하리라곤 상상도 못 하고 있었다."

"……."

"카르텔이나 반군 놈들 같으면 충분히 조심했겠지만 정장을 입고 펜을 든 채 일하는 자들이 이런 짓을 저지르리라고 누가 예상이나 할 수 있었겠냐."

"…펜이 칼보다 더 무섭죠."

도수는 아버지가 말하는 대상이 B&W임을 누구보다 잘 알고 있었다. 그리고 그들이 어떤 짓을 서슴지 않는지도 보아왔다. 살인 교사까지 했다는 것은 놀라웠지만 이미 최악의 범죄 조직인 카르텔과 연관이 됐고, 그들로 하여금 납치하도록 조장하고, 수많은 사람들의 생명을 담보로 돈벌이를 하려는 수작만 봐도 이미 적당선이란 게 없는 놈들이라는 걸 알 수 있었다.

아버지는 눈을 크게 떴다.

"그놈들에 대해 알고 있는 거냐?"

"예, 아무래도……."

도수가 말을 이었다.

"우리 가족과는 뗄 수 없는 악연인 것 같더라고요."

"아······."

아버지 이찬은 침음을 삼켰다. 그때, 밖에서 미약한 발소리가 들려왔다.

아버지가 도수의 피를 뽑기 시작했다.

도수는 그가 다른 누구도 아닌 아버지였기에 순순히 협조했다.

"이제 어쩌죠?"

그 질문에 아버지가 대답했다.

"일단 난 네가 고문을 버틸 수 없다는 것을 보고할 생각이다. 널 잡아 온 걸 보면 죽이려는 게 아니야. 짐작 가는 게 있니?"

"바깥 사정을 전혀 모르시는 거예요?"

"음… 아무래도 오랫동안 여기 감금당해 있었으니까."

"여긴 왜 오신 거예요?"

"말하자면 길다. 우리 가족을 이렇게 만든 놈들이 꾸미는 프로젝트를 쫓다 보니 이곳까지 오게 되더구나. 문젠 이놈들이 먼저 내가 살아 있다는 것을 눈치채고 손을 썼다는 거지."

도수가 고개를 끄덕였다.

"아버지를 잡아두고 있는 것도 그때문이군요."

"그건 내가 이곳 보스의 아내를 치료해 줘서······."

"아뇨."

도수가 고개를 저었다.

"그렇게 양심적인 놈들일 리가 없잖아요."

"…다른 이유가 있다는 거냐?"

"카르텔과 아버지가 말씀하신 제약 회사 사이에 거래가 이뤄지고 있죠?"

"그렇지."

"하지만 두 조직 모두 서로를 완전히 신뢰하지 못할 거예요. 지금 돌아가는 밖에 상황도 그렇고요."

"그래서 날 살려뒀다?"

"네."

도수가 고개를 끄덕였다.

"아마도 몰래 숨겨둔 걸 거예요. 아버지를 잡고 있어야 B&W의 약점을 쥐고 있는 거니까."

"역시… 어쩐지 이상하다 했는데. 그놈들은 내가 연구를 자유롭게 할 수 있도록 도와줬다. 내가 밝히려는 것들을 막지 않았어. 어차피 여기서 나갈 수 없으니까."

"맞아요. 그랬을 겁니다."

"그럼 더 이상한 점이 있다."

아버지가 물었다.

"너를 왜 필요로 하는 거지? 짐작 가는 바가 있니?"

"네. 아버지와 같은 이유예요. 저도 아버지와 비슷한 일을 했거든요. B&W에 대해 폭로하고 있던 참이었으니까."

"아아……!"

아버지가 이마를 짚었다.

"왜 그런 무모한 짓을!"

"쉬이."

조용하란 신호를 보낸 도수가 말을 이었다.

"아버지가 여기까지 흘러오신 것과 같은 이유예요. 그리고 전 어느 정도 성공을 거뒀고요."

"뭐?"

"지금 B&W는 궁지에 몰렸어요. 당연히, 카르텔도 벼랑 끝까지 몰린 셈이죠. 하지만 진실을 완벽하게 파헤쳐서 퍼즐을 온전히 완성시키려면 한 가지가 더 필요했어요."

"그게 뭐냐?"

"카르텔과 제약 회사의 밀접한 관계를 증명해 줄 결정적 증거."

아버지의 표정이 굳었다.

"그건 내게 있다. 하지만 내가 지금까지 여기 있는 건 나갈 수 없어서야. 지금 우리가 고민해야 할 것은 살아남는 거다. 놈들의 감시가 워낙 심해서 언제 나갈 수 있을지……."

발소리가 점점 더 커지자 도수가 서둘러 말을 잘랐다.

"제 배 속에 추적기가 있어요."

"추적기?"

"네. 놈들이 찾을 수 없게 삼켰죠."

"추적기라니……."

"조금만 버티면 저를 구하러 올 거예요. 개인 경호 팀, CIA, 특공대… 뭐든 간에."

아버지는 혼란스러운 표정이었다. 일반적으로 한국 의사 한 명이 납치당했다고 미국에서 그 정도 대대적인 노력을 하지는 않는다. 그리고 적당한 노력만으론 결코 구출될 수 없을 것이다. 도수의 말에 따르면, 이들 부자는 카르텔에게는 자신들의 목숨 줄과도 같은 존재였으니까. 두 사람을 빼앗기면 조직이 무너질

판인데 전멸하기 전까진 두 사람을 내어주지 않을 터였다.

하지만 이는 어디까지나 도수의 존재 가치를 잘 몰라서 하는 생각이었다. 도수는 자신의 존재 가치를 잘 알고 있었기에 자신할 수 있었다.

"저를 믿고 조금만 버텨주세요. 그럼 우린 구출될 수 있어요."

"…알겠다."

아버지는 더 묻지 않았다. 굳이 도수의 부탁이 아니라도 버틸 수 있을 때까지 버텨야 한다. 다시 한번 아들을 잃을 수는 없기 때문이다.

이는 도수 역시 마찬가지였다. 힘들게 만난 아버지의 죽음을 또다시 목격하고 싶지 않았다. 최악의 상황에서 조우했으나, 최상의 계획대로 무사히 탈출할 것이다. 도수는 그렇게 다짐했다.

"오래 걸리지 않을 겁니다."

＊　　　　＊　　　　＊

실내에는 창문이 없었기에 시간이 얼마나 지났는지 알 수 없었다. 손발이 묶인 채 미쳐 버릴 정도로 지루하고 고된 시간이 흐른 뒤, 찾아온 것은 아버지가 아닌 평범하게 생긴 중년 남자였다.

도수는 그가 누군지 알 수 없었으나, 아버지가 시간을 끄는데 성공했다는 것만큼은 짐작할 수 있었다.

"제법 터프한 놈일 줄 알았는데 나약한 놈이었어. 남의 몸을 돌볼 시간에 네 몸부터 돌봤어야 하는 것 아닌가?"

"무슨 말이지?"

도수가 짐짓 못 알아들은 체하자 그가 대답했다.

"자네 건강이 별로라더군. 그리고 하나 더. 겁도 없이 쓸데없는 일을 저지르는 것도 좋은 선택이 아니었어."

"날 왜 납치한 거야?"

도수가 묻자 그가 고개를 저었다.

"너무 급하게 굴지 말라고. 어차피 시간은 많으니까… 내 소개부터 하지. 난 후아레즈 카르텔의 보스 호세 페레스다."

섬뜩한 느낌이 들었다. 매년 수천 명을 죽이는 학살자의 모습이라기에는 너무나 평범했기 때문이다. 옆집 아저씨가 연상될 정도였다.

도수는 등골이 서늘했지만 내색하지 않고 대답했다.

"닥터 이도수다."

"알고 있네."

호세 페레스가 빙그레 웃었다.

"어떻게 자네를 모를 수 있을까… 스스로가 용감한 것 같나?"

"……."

"영웅이라도 되고 싶은 거야?"

"그런 생각은 없다."

"통 이해할 수가 없군. 대체 왜 남 일에 끼어들어 이 고생을 하지? 목숨이 두 개라도 되는 건가?"

"당신은 마약상이니 마약을 팔기 위해 수단과 방법을 가리지 않겠지. 안 그래?"

"계속해 봐."

"난 의사다. 다치거나 아픈 사람을 치료하거나 살리기 위해 수단과 방법을 가리지 않아. 그렇게 환자를 치료하다 보니 여기까지 오게 된 거고. 나한테서 원하는 게 뭐지?"

"……."

호세 페레스가 미간을 찌푸렸다. 이런 상대는 까다롭다. 그들이 유일하게 두려워하는 것이 있다면, 신념을 가진 이들이다. 강한 신념을 가진 인간은 어떤 유혹이나 위협에도 흔들리지 않기 때문이다. 일단 고문부터 해서 신념을 무너뜨리고 시작하는 편이 낫겠다 싶었는데, 강도 높은 고문을 몸이 못 버틸 거라는 판정을 받은 상태였다. 강도 낮은 고문을 하는 것은 안 하느니만 못하다.

고민하던 그는 빙빙 돌리지 않고 솔직하게 대답했다.

"때가 되면 우리가 시키는 대로 증언을 해줬으면 한다. 그것뿐이야."

"내가 얻는 건?"

"목숨을 보장하지. 돈도 원하면 주겠다."

"얼마를?"

"원하는 만큼."

"…난 당신들이 마약을 만들든 말든 나설 생각이 없다. 애초에 내가 증오하는 건 당신들이 아니야. 심장 성형제를 제조한 제약 회사다."

"그래서?"

"그 제약 회사를 옹호하는 것만 아니라면 뭐든 협조하지. 나도 목숨은 소중해. 환자를 살리는 것과 관련 없는 일로 죽고 싶진 않다."

호세 페레스는 예상 외로 말이 통한다고 느꼈는지 미소를 지었다. 어차피 그가 원하는 것은 제약 회사에서 힘을 써서 미국의 표적을 벗어나는 것뿐이다. 그 후에는 제약 회사와 도수의 관계가 어찌 되든 상관없었다. 물론 그렇게 된다 해도 B&W는 도수를 처리해 주길 원하겠지만, 어쩌면 카르텔에 위협이 되는 건 이제 도수가 아닌 B&W였다. 그는 어쩌면 이번 기회가 이이제독이 될 수 있다고 여기며 고개를 주억거렸다.

"좋아. 일단 이렇게 하지. 우리도 자네가 말한 제약 회사 측과 얘길 좀 해봐야 해서… 조금만 여기서 지내주게. 그럼 곧 답변을 줄 테니."

* * *

호세 페레스는 도수에게 아낌없이 베풀었다. 며칠간 시간을 버는 것뿐이었지만 그의 세 치 혀에 B&W와 함께 침몰하느냐, 살아남느냐의 상황이 벌어질 가능성이 있었기 때문이다.

으리으리한 저택에 진귀한 음식을 대접한 호세 페레스는 부하를 통해 물어왔다.

"여자는?"

원하면 얼마든지 공급해 주겠다.

그런 태도였다.

하지만 도수는 고개를 저었다.

"괜찮아. 대신 다른 걸 부탁하지."

"부탁?"

"내가 처음 이곳에 왔을 때 만났던 닥터를 보고 싶다."

"그는 왜……."

묻던 부하가 말을 멈췄다. 극진히 대접하라는 호세 페레스의 엄명 때문이었다.

"알겠다."

얼마 후, 도수의 아버지 이찬이 불려왔다. 그는 호세 페레스의 부하가 물러갈 때까지 기다리다 입을 열었다.

"대접이 완전 바뀌었군. 대체 무슨 수를 쓴 거냐?"

"제가 저들의 약점을 잡고 있으니까요."

"저들을 도와줄 생각이냐?"

"아빠는요?"

"뭐?"

도수가 다시 물었다.

"아빠는 저들을 도와주셨나요? 오랫동안 잡혀 계셨고, 고문하기 전 건강상태를 체크하러 들어왔습니다. 저한텐 그게 더 중요해요."

아버지를 오랜만에 만난 해후보다 그게 먼저다. 그러한 태도에 아버지는 미소 지었다. 아버지가 서운해할 줄 알았던 도수는 눈을 크게 떴다.

그를 보며 아버지가 물었다.

"내가 어떻게 했을 것 같지?"

"…저들을 도우셨다면 실망할 것 같아서요."

"난 의료봉사를 하던 사람이다."

"사람은 변합니다. 환경에 의해서, 생존을 위해서."

"그래, 변하지."

아버지가 고개를 주억거렸다.

"나 또한 변했다. 하지만 의사로서의 철칙을 어긴 적은 없다. 고문당할 사람들의 건강상태를 확인한 건 맞지만… 그들을 고문하고 죽이는 데 협조하진 않았다."

"그게 어떻게 가능하죠?"

도수는 쉬이 납득이 가지 않았다.

건강상태를 체크하는 것 자체가 협조한다고 느껴졌기 때문이다.

그런 그를 향해 아버지가 말했다.

"난 그 대상이 죽음을 위장할 수 있도록 도왔거든."

"예?"

"약을 하나 만들었다."

"약이라니……."

"심장을 일시적으로 정지시켜 주는 약이다."

"여기 잡혀 온 모든 사람들을 구하신 겁니까?"

도수의 말에 아버지가 고개를 저었다.

"놈들이 확인 사살을 하는 경우가 많다. 그럼 방법이 없어. 대부분은 그렇게 됐지. 하지만… 보복성이 크지 않은 대상이나 상황이 급박하게 돌아가는 경우 확인하지 않을 때가 있다. 그런 사람들만 살릴 수 있었던 거고."

"이해가 가지 않아요."

도수가 덧붙였다.

"그럼 그들은 왜 아빠를 돕지 않았죠?"

"의사는 대가 없이 사람을 살린다. 그들은 내가 자신들을 도운지 알지 못할 거야."

"그게 무슨… 군이 왜 구출될 수 있는 길을 포기하신 겁니까?"

"그들이 은혜를 갚기 위해서 어딜 찾아갈 것 같으냐?"

"경찰이나 군……."

"맞다."

아버지가 말을 이었다.

"군경은 카르텔한테 매수된 자들이 반이다. 그들이 살아 있다는 걸 알면 호세 페레스가 가만히 둘 리 없지. 그리고 그렇게 되면 내 신변도 위험해진다. 내가 그들을 도운 걸 알게 될 테니까."

"아……!"

도수는 아버지의 심계에 감탄했다. 아마 자신이었다면 존재를 알렸을 것이다. 구출을 기다리다 총알받이가 됐을지도 모른다.

도수가 입을 열었다.

"좀 더 조심할 필요가 있겠군요."

"그래, 네 말대로 미국에서 구출하러 올 때까진."

도수가 고개를 끄덕였다.

"자료는 아빠가 가지고 계세요. 저보단 그편이 안전할 것 같아요."

"나도 그렇게 생각한다. 하지만 너와 내 거처가 달라지면? 추적기가 너한테 있으니 내가 가진 자료를 세상에 알리는 게 늦어질 거다."

아버지는 그 말과 함께 자신이 가져온 자료들을 내밀었다. 바지 속에 용케 잘 숨겨왔다. 도수는 주변을 확인한 뒤 받은 자료를 훑었다.

"맙소사……."

자료에는 그간 B&W와 카르텔 간에 이뤄진 커넥션이 소상하게 적혀 있었다. 뿐만 아니라 심장 성형제와 마약과의 연관성도 완벽하게 나와 있었다. 여기에 도수가 지금껏 밝혀낸 사실이 결합되는 순간, 완전 빼도 박도 못하는 진실이 될 것이다.

"목숨을 걸어야 했을 텐데."

"이곳에서 카르텔 놈들과 몇 년을 살았다. 네 엄마와 널 잃었다고 생각했을 때, 내 삶은 이미 무의미해진 뒤였어. 그럼에도 내가 살아 있었던 건 의사로서의 사명이 있었기 때문이다. 그뿐이야."

도수는 속에서 울컥했다.

"이자들을 그냥 두지 않을 거예요."

"나 역시 그렇게 되길 바란다."

"오래 걸리지 않을 겁니다."

도수가 눈을 번쩍였다.

"…곧 상황이 변할 거예요."

*   *   *

도수의 예언은 오래 가지 않아 실현됐다. 모두가 잠든 새벽 네 시, 긴장이 풀리는 야음을 틈탄 특공대가 그들이 있는 카르텔의 본거지로 잠입한 것이다.

푹, 푹, 푸슉.

보초를 서던 마약상들이 나자빠졌다.

딱 두 발씩, 그들의 가슴과 이마를 쏜 특공대들이 빠르게 진입했다.

인기척을 듣고 도수가 잠에서 깼을 땐, 이미 특공대원이 눈앞까지 도착한 상황이었다.

"괜찮으십니까?"

"예."

"저희를 따라오십시오."

"잠시만."

도수가 말했다.

"구출할 사람이 더 있습니다."

*   *   *

도수의 아버지 이찬 역시 눈을 떴을 땐 도수와 특공대원들이 방 안에 들어와 있었다. 그 역시 도수처럼 전쟁터에서 난민 구호를 하던 사람. 기본적인 교전 수칙이나 피신 수칙은 숙지하고 있었다. 그들은 특공대원들의 보호를 받으며 이동했다.

그렇게 저택 밖으로 나간 순간.

특공대원이 무전을 때렸다.

"끝장낸다."

그 순간.

탕탕탕탕탕! 타다다다다다!

총성이 하늘을 수놓았다.

여기저기서 조명이 켜지며 비명 소리가 잇따랐다.

도수를 지키던 이근육과 경호원들, 미군 특수부대가 파견된 작전이었다.

당연히 만반의 준비를 마치고 온 정예부대를 카르텔의 시카리오들이 당해낼 수 있을 리 없었다.

그야말로 호세 페레스는 독 안의 쥐가 된 셈이다.

습격 규모에 놀란 아버지가 물었다.

"사람 하나 구하자고 이렇게 큰 규모의 부대를 파견한다고? 그것도 미국에서?"

"제가 말씀드렸잖아요."

도수가 빙그레 웃었다.

아니나 다를까.

현장 책임자로 보이는 군인이 고글을 벗으며 말을 붙였다.

"모시게 돼서 영광입니다."

"아닙니다. 저야말로……."

도수는 저택을 흘깃 보며 덧붙였다.

"감사합니다."

"별말씀을."

무뚝뚝하게 대답한 책임자가 말을 이었다.

"할리 무어 장군께서 안부를 전하셨습니다."

"잘 계시죠?"

"저도 직속상관은 아니라 정확한 소식은 알지 못하지만 잘 지내시는 것 같습니다."

"할리 무어 장군 선에서 결정된 사안인가요?"

"아닙니다. 상원에서 직접 조율한 후 백악관에 요청한 걸로 알고 있습니다."

미군 장군이 개입된 것만 해도 놀라운데, 상원에 백악관까지.

도수는 도움에 대한 보답을 하기 위해 누가 도왔는지 물어본 것뿐이지만, 옆에서 듣고 있던 아버지는 그렇게 간단하게 생각할 수 없었다.

"대체 내가 없던 사이 무슨 일이 있었던 거냐?"

"앞으로 놀라실 일이 많을 거예요."

도수가 책임자에게 물었다.

"전화 좀 빌릴 수 있을까요?"

"물론입니다."

책임자에게 군용 전화를 받은 도수는 할아버지에게 전화를 걸었다. 할아버지의 연락 한 통이면 엘 파소의 의료진들에게도 무탈한 소식을 전할 수 있을 터였다.

곧, 할아버지가 전화를 받았다.

―이사장입니다.

"저예요, 도수."

잠시 침묵이 흐르고.

할아버지가 외쳤다.

―아아아……! 어떻게 된 게냐? 지금 어디야?

도수는 가슴 한편이 따뜻해졌다. 그가 아버지 이찬에게 전화를 내밀자, 이찬이 손사래를 쳤다.

"아니다. 날 탐탁찮아하셔."

그 목소리를 들은 걸까?

할아버지가 수화기 뒤편에서 말했다.

—설마… 설마…….

말을 잇지 못하는 할아버지.

도수가 말했다.

"맞아요, 할아버지. 아빠가 살아계셨어요."

—네 아비가……? 그럼……!

도수는 대답하지 못했다.

어머니의 부고 소식을 전하는 것은 그 역시 쉬운 일이 아니었다.

그러자 할아버지가 흐느끼는 소리가 들려왔다.

손자로서 혈육의 울음소리를 듣는 것은, 누구라도 가슴이 미어지는 일이었다.

도수 역시 감정이 없는 기계는 아니었다.

"…죄송해요."

—네가 무얼.

할아버지가 말했다.

—이찬, 찬이를 바꿔다오.

도수가 전화를 다시 넘겼다. 두어 번 전화를 밀자 그제야 이찬이 전화를 받았다.

"…아버님."

—찬이냐?

"예, 접니다."

—…….

두 사람은 잠시 말이 없었다. 아버지는 눈을 질끈 감았다.

"죄송합니다. 제가 못나서… 행복하게 잘 살지 못했습니다. 염
치없이 저만……."

하염없이 눈물이 흐르고 있었다. 수년간 참아왔던 설움이 하
필 이 순간 폭발한 것이다. 아내에 대한 미안한 마음, 장인에 대
한 죄송함, 그리고 스스로에 대한 죄책감까지.

무엇 하나 표현할 길이 없는 커다란 감정의 폭풍 속에 휩싸인
그때.

할아버지가 말했다.

—…고생 많았다.

"아……."

—모든 죄는 내가 지었다. 내가 너희를 받아주지 않아서야.

"아아."

—미안하다.

"아아아!"

아버지가 털썩 주저앉으며 오열했다.

도수는 그 모습을 바라보다 하늘을 올려다봤다. 그렇게 눈물
을 흘리지 않으려 했는데도 뺨을 타고 눈물이 흘렀다.

아버지는 버젓이 살아 있었고.

아버지와 할아버지의 케케묵은 마음도 풀어졌다.

'보고 계시죠?'

도수는 어머니를 향해 물었다.

어머니가 이 장면을 보셨으면 얼마나 좋아하셨을까.

속이 무너지고 슬픔이 몰아쳤다.

이래서 환자 보호자들을 보면서도, 남들과 이야기를 나눌 때도 늘 부모님에 대한 내용들을 피해왔던 그다.

하지만 왠지, 이젠 더 이상 피하지 않아도 될 것 같았다.

더 이상 부러워하지 않아도 되지 싶었다.

그렇게 각자의 감정에 매몰된 두 사람을 향해, 현장 책임자가 입을 열었다.

"가셔야 합니다. 아무리 떨어진 곳이라도 위험할 수 있으니."

도수는 고개를 끄덕였다. 그리고 이찬을 부축해서 일으킨 뒤, 차에 탔다.

부르릉!

시동을 건 운전병이 액셀을 밟았다.

카르텔의 본거지와 멀어지며 도수는 마약상과 관련된 일이 자신의 손을 떠났다는 것을 실감했다. 한 꺼풀 무겁고 불편한 옷을 벗은 듯 개운했다. 이제, B&W와의 악연도 청산될 터였다.

"아빠."

그 말에 아버지가 고개를 돌렸다. 두 눈은 퉁퉁 붓고 얼굴엔 온통 눈물 자국이 선연했다.

살짝 미소 띤 도수가 말했다.

"저도 이제… 제 몸을 아껴가며 일할 이유가 생긴 것 같아요."

아버지가 세차게 주억거렸다.

"그래, 그래야 한다."

"아빠 덕분에, 엄마 덕분에 의사가 됐어요."

"네가 의사가 됐다는 게… 놀랍고 대견해서. 네 엄마도 봤어야 하는데."

아버지가 말을 잇지 못하자.

도수가 손을 잡았다.

"이젠 우리 같은 사람들이 더 이상 생기지 않도록 같이 치료해요. 부모님을 잃거나 자식을 잃는 그런 일이 벌어지지 않도록……."

꾸욱.

손에 힘을 준 도수는 진심으로 다짐했다. 우여곡절 끝에 만난 아버지. 이젠 함께 환자를 보고 사람을 살릴 수 있다. 하늘이 도와서 다시 만난 그들이 해야 할 일은, 다시 그들 같은 가족이 생기지 않게끔 노력하는 일이었다.

*   *   *

도수는 매디 보웬에게 자료를 넘겼다. 거기까지가 도수가 할 일이었다. 그는 돌아가는 상황을 끝까지 지켜보지 않고 아버지와 같이 한국으로 돌아갔다. 물론, 엘 파소에 파견됐던 팀원들도 함께였다.

천하대병원.

이사장은 도수와 이찬, 그리고 엘 파소 팀과 식사 자리를 마련했다.

"수고 많았다."

이사장이 이찬을 훑었다.

"…이 선생도."

이찬이 살짝 고개를 숙였다. 그는 한국에 들어온 즉시 천하대병원에서 근무하게 된 참이었다. 직급은 따로 배정받지 못한 상황이었다.

그 점을 생각했는지 이사장이 넌지시 말했다.

"이 선생을 차기 이사장 후보로 생각 중이야."

엘 파소 팀은 물론 도수도 깜짝 놀랐다. 천하대병원에서 근무한 경력이 없는 이찬을 후임자로 생각한 것도 놀라웠지만, 이런 중대 사안을 식사 자리에서 제안할 줄 꿈에도 몰랐기 때문이다.

"저는 경영에 대해 잘 모릅니다."

"준비 기간이 필요하겠지."

"천하대에서 근무한 적도 없습니다."

"나를 비롯해서 도울 사람은 많네."

"……."

한숨을 내쉰 이사장이 말을 이었다.

"나도 슬슬 퇴임 준비를 해야 하는 처지야. B&W 일도 잘 해결이 될 것 같고… 원래 이도수 선생을 적임자로 생각했지만 본인이 생각 없는 것 같으니."

"맞아요."

도수가 뻔뻔하게 대답했다. 그는 현장이 좋았다. 현장에 있을 때 살아 있음을 느낀다. 책상머리에 앉아서 골머리를 싸매는 것은 전혀 그의 스타일이 아니었다.

그걸 알면서도 이사장은 미련을 완전히 버리지 못했다.

"이도수 선생 명성과 실력이면 우리 병원을 세계 최고로 만들수도 있을 텐데 말이야."

세계 최고라니 너무 허무맹랑하다고?

아니.

도수의 명망은 이미 세계적으로 퍼져 있었다. 라크리마 전쟁터에서 미국의 영웅으로 떠올랐고 한국에선 압도적인 실력으로 의료 활동을 해왔다. 일본에서 목숨 걸고 쓰나미로 인한 인명 피해를 최소화시켰으며 미국과 멕시코에선 마약 카르텔과 B&W의 비리를 밝혀냈다. 이렇게 정리해도 일부에 불과했다. 그 모든 순간 도수는 자신의 몸을 돌보지 않고 사람을 살렸으며, 이런 행보가 하나하나 쌓여 전쟁을 멈추고 재앙을 막고 수천수만의 인명을 구했다.

일개 의사가 한 적 없는 일이었다. 일개 의사가 할 수 있다고 생각조차 들지 않는 어마어마한 일이었다. 그는 더 이상 '의인'이나 '의사'라는 말보단 '영웅'이란 말이 어울리는 사람이 됐다.

이곳에 자리해 있는 모두가 그걸 알고 있었다. 심지어 엘 파소 팀은 그런 도수와 매 순간 함께해 왔다. 그들은 도수가 기꺼이 이사장의 제안을 받아들이길 내심 바랐지만, 도수는 담담하게 대답했다.

"제가 있을 곳은 현장입니다. 제가 했던 일들은 모두 현장에 있었기 때문에 할 수 있었던 일들입니다."

이사장은 말없이 고개를 주억거렸다. 그 역시 깊은 연륜과 지혜를 가진 사람. 도수가 말하고자 하는 바를 모르지 않았다.

그러나 분명히 할 점이 하나는 있었다.

"더는 곤란해. 앞으로도 그렇게 살다간 제명을 지키지 못할 거야."

쐐기를 박는 듯한 표정이었다.

아버지 이찬 역시 거들었다.

"…내 생각도 같다. 네가 한 일들을 듣고 놀라웠다. 자랑스럽고 기뻤지. 하지만 그러면서도 가슴이 무너졌다. 네가 우리 때문에 그렇게 된 것 같아서. 우리가 그렇게 살아서… 그걸 보고 너도 그렇게 여기저기 환자를 찾아다니며 떠돌이로 산 것 같아서 말이다."

"아뇨."

도수가 고개를 저었다.

"두 분 말씀처럼 앞으론 응급외상센터에 집중할 생각이에요. 하지만 전 언제든 또 환자가 있는 어딘가로 가야 할 일이 생긴다면 망설이지 않을 겁니다. 지금껏 이렇게 살며 확신할 수 있었어요. 이게 제가 앞으로 가야 할 길이란 걸."

"……."

이글이글 타오르는 눈빛으로 던진 말도 아니다. 담담하고 차분한 어조로 밝힌 신념이지만 그래서 더 말릴 수 없었다. 단순히 뜨겁게 타오르다 번아웃 될 단발성 의지가 아닌, 지속성이 있는 고집이다. 아마 도수는 다시 한번 인생에 큰일을 겪지 않는 이상 바뀌지 않을 터였다. 남들은 한 차례 겪기 힘든 풍파를 달고 살면서도 바뀌지 않은 의지인데, 그 누구의 의견이 의지를 흔들 수 있을까.

이를 모두가 알고 있었다.

정적을 깬 것은 의외로 강미소였다.

"후, 역시 대단해요."

모두의 시선이 그녀에게 향했다.

그러자 강미소가 머쓱하게 말했다.

"그렇잖아요. 저희 팀 모두 센터장님을 보고 의료 활동을 해왔어요. 센터장님이 그 자리에 계신 이상 우리 같은 의사들이 계속 생겨나겠죠."

누구도 할 수 없는 일을 해내는 사람은 그것만으로도 강력한 리더십을 갖게 된다. 그리고 동류의 사람들을 계속 파생해 낸다. 그런 사람들이 모여서 세상이 변하는 것이다.

그렇게 생각한 아사다 류타로 역시 그녀의 말에 동의했다.

"저도 일본으로 돌아갈 일정을 잡아놨지만, 앞으로도 어떤 일이든 닥터 리의 일이라면 두 손, 두 발 벗고 도울 겁니다. 제가 일본으로 돌아가서 의료 활동에 전념하겠다고 마음먹은 건, 닥터 리에게서 본 의료인으로서의 신념을 보다 널리 전파하고자 하기 때문입니다."

일본 최고의 흉부외과 권위자마저 인정했다. 그 말을 들은 이사장은 난처한 미소를 띠며 이찬을 보았다. 이찬 역시 고개를 절레절레 저으면서도 웃고 있었다. 도수의 할아버지와 아버지. 두 사람의 뿌듯함은 이루 말할 수 없었다. 그들 역시 의사가 되고자 마음먹고 살아가면서 늘 꿈꿔왔던 삶을 자신의 손자, 그리고 아들이 살아가고 있기 때문이다.

물론 가족이라면 걱정이 된다. 어떻게든 뜯어말리고 싶은 마음을 부정할 수는 없다. 그저 안전하게 평범한 가정을 꾸리고 손이 닿는 환자들만 하루 한 명, 두 명 받아가면서 충실하게 살라고. 그게 너와 가족을 위한 길이라고 설득하고 싶었다.

문제는 그 반대편에서 솟는 마음이다. 같은 의사이기에 인정하고 이해할 수밖에 없는, 말리고 싶으면서도 말리고 싶지 않은 기분. 신념도 이 정도 되면 설득을 포기하고 힘껏 밀어주게 된다.

도수는 스스로 보여줬으니까.

행동으로 그들의 마음을 돌린 셈이다.

"결국 원점이로구먼."

이사장이 피식 웃으며 말했다. 어쩐지 후련한 얼굴이었다. 도수는 다시 천하대병원 응급외상센터장으로서 며칠 전에 있던 자리에 가서 환자를 살릴 테고, 자신은 이사장으로 돌아갈 것이다. 엘 파소 팀도 자신이 있던 자리로 갈 터였다.

그래도, 변화는 있었다.

도수는 세상을 조금씩 바꾸고 있었고 엘 파소 팀은 의사로서의 신념을 구축해 가고 있었으며 사위 이찬은 살아서 돌아왔다.

이렇게 조금씩 변화해 나가는 것이다.

전진하는 것이다.

이사장은 여전히 미소 띤 채로 눈을 지그시 감았다.

'보고 있니.'

유독 딸이 보고 싶어지는 저녁이었다.

*   *   *

TV에선 연일 B&W와 관련된 뉴스가 보도되고 있었다. 전 세계 어디서나 그건 같았다. 새삼 B&W가 세상에 끼치던 영향력을 실감할 수 있었다.

그전까지 어떻게든 상황을 무마시키려던 B&W는 카르텔과의 관계가 본격적으로 드러나면서 회장을 비롯한 핵심 간부들이 구속됐다.

회사 자체가 문을 닫았다.

B&W의 제품을 쓰던 전 세계의 병원들이 피해를 입었다. 사람들은 병원 앞에서 시위를 했다. 전 세계 의료 학계가 크나큰 타격을 입은 것이다.

그로 인해 긍정적인 반향도 있었다.

병원들은 그간 일반인들에게 공개하지 않았던 정보들을 공공연히 게시했다. 각 병원들만의 치료 매뉴얼, 약품, 제조사, 약물에 대한 부작용이나 효능까지 환자라면 누구나 보고 대처할 수 있도록 투명한 자료를 만들어서 공표했다. 또한 환자들에게 그때그때 치료 과정을 자세히 작성해 줌으로써 만약 문제가 생겼을 시 증거자료로 쓸 수 있게끔 제공해 주었다.

그뿐만이 아니었다.

마치 의례처럼, 도처에 산재한 모든 병원들에 검열이 들어갔다. 그동안의 의료사고와 의료기록들이 다시 한번 조명되며 재검토를 하는 계기가 됐다.

이번 한 번에 세계 의료계의 잘못된 관행이나 일반인들이 느끼는 의료 지식 간의 장벽이 단번에 개선되진 않을 터였다.

하지만 이것만으로 의미는 충분했다.

치열한 만큼 놀랍도록 결속력이 뛰어난 의사 사회에 경종을 울린 것이다. 그들은 더 이상 의료사고나 의료서비스상 문제에 있어 은폐할 수 없게 됐다.

천하대병원도 이번 파장을 견뎌야 하는 병원 중 한 곳이었지만, 이는 이사장이 원하던 일이기도 했다. 그들은 기꺼이 조사에 응하고, 간과했던 문제점에 대해선 책임을 지기로 했다.

*　　　　　*　　　　　*

한편 도수는 365일 병원을 떠나지 못하는 삶 속으로 돌아갔다. 그가 원하던 삶이기도 했다. 매일 환자를 만나고, 치료하고, 관리했다.

간호사들 중에는 도수더러 천하대병원의 지박령이라고 하는 이들까지 있었다.

그만큼 도수를 찾는 환자는 많았다.

세계적인 영웅 의사가 대한민국 서울의 한 병원에서 근무하고 있으니 어쩌면 당연한 일이었다.

물론 단점이 있다면 의료비는 같은데 급한 환자들부터 처리한다는 점이었다. 따라서 정말 위급하지 않은 환자는 기다려도, 기다려도 순번이 오지 않는 경우가 발생했다. 그 대상이 된 이들은 자신들이 가진 모든 것을 동원해 항의했지만 이를 문제 삼을 수 없었다.

첫째, 천하대병원 자체적으로 응급외상센터에 쏟아지는 부당한 컴플레인들은 걸러냈으며.

둘째, 치료 순번이 밀리는 환자가 있다면 정말 도수의 손을 통해 치료받는 정말 위급한 환자들이 더 많았고.

셋째, 그들로 하여금 도수의 명성은 나날이 높아졌기 때문이다.

고인물은 썩게 마련이고 신성은 반짝하다 사라지게 마련이다. 활동하지 않는다면 그렇다. 도수 역시 의료 활동에만 전념할 뿐 공식 석상이나 행사에는 참여하길 꺼렸다. 그는 자신이 아무리 그런 곳에 참가해서 목소리를 높인다 해도 당장 변하는 게 없다는 것을 너무나 잘 알고 있었기 때문이다.

어차피 변할 일은 때가 되면 변한다.

그저 사람들이 잘못된 의료제도나 관행, 의료 정책에 피해를 보고 있을 때만 매디 보웬이나 언론사를 통해 간단한 인터뷰 몇 줄 내보냈을 뿐이다.

그것만으로도 어마어마한 파급력을 가졌다.

도수는 그만한 힘이 있었고.

그만한 영향력이 있었다.

그렇기에 굳이 나서지 않아도 계속 반짝이고 더 높은 곳을 향해 흘렀다.

물론 점점 높아지는 위상에도.

도수의 일상에 변한 건 없었다.

"센터장님!"

"맥이 거의 안 잡힙니다!"

방금 수술을 마치고 나왔는데 또 두 명의 환자가 더 실려 왔다.

모든 의료진들이 얼굴색이 하얗게 질린 채 도수만을 바라보고 있었다.

오직 도수만, 침착하게 대응했다.

"빈 수술실은?"

"1번, 4번, 12번, 16번 수술실 비어 있습니다!"

도수는 네 명의 환자들을 한 명씩 찍어가며 말했다.

"1번, 4번, 12번, 16번."

급한 순서다.

샤아아아아아아아.

도수는 투시력을 극한까지 끌어올리고 있었다. 구슬땀이 흘렀지만 그는 개의치 않았다. 극한의 투시력을 쓰고 있음에도 이젠 제법 오래 버틸 수 있었다. 어차피 환자가 들어오는 이상, 투시력을 더는 쓰지 못할 정도로 체력이 떨어지지 않는 이상 그는 멈추지 않을 터였다.

"수술실 올려요. 차례로 수술합니다."

그러고는 덧붙였다.

"타이머 재세요. 1번 15분. 2번 8분… 12번 20분, 16번 환자는 그때까지 상태 보고 수술 결정합니다."

"예, 알겠습니다!"

응급외상센터 의료진들은 이미 눈빛만 봐도 서로의 속을 읽을 수 있을 정도로 호흡을 맞춰왔기에 아무런 의문을 가지지 않았다. 이런 골든아워 상황에선 일분일초가 환자의 생명을 결정 짓는다. '왜 검사를 안 합니까?', '이 환자보다 저 환자를 수술하는 게 좋겠습니다'는 등 반대의견을 내는 사람은 없었다. 응급외상센터 특성상, 외상센터 인력들뿐만 아니라 다른 과 인력들과 함께 손발을 맞출 일이 많았다. 그러나 그들 역시 도수의 실력에는 아무런 의심을 품지 않았다. 그렇기에 어느 병원에서의 어떤 상황보다 빠른 대처가 가능했다.

드르르르르르륵!

침대가 분주하게 움직이고.

도수는 강미소와 함께 엘리베이터를 탔다.

"센터장님, 괜찮으세요?"

강미소가 묻자 도수가 고개를 끄덕였다.

"뭐, 그렇죠."

"항상 피곤하시죠."

"그건 다 똑같잖습니까."

"그건 그렇죠."

실실 웃은 강미소가 물었다.

"근데 여자 친구는 안 사귀세요?"

"강 선생이 연애해 주게요?"

"에이, 무슨 그런 말씀을."

강미소가 미간을 찌푸렸다.

"너무 바쁘잖아요. 센터장님이 젊고 매력 넘치긴 하지만 1년 365일 24시간 환자 생각만 하는데 어떤 여자가 좋아해요?"

피식 웃은 도수가 말했다.

"이래 봬도 얼마 전에 '세계에서 가장 영향력 있는 10인'에 올랐는데."

"영향력은 있으시죠."

"'세계에서 가장 섹시한 남자 10위'에도 실렸더라고요."

"일할 땐 인정."

"근데 '결혼하고 싶은 남자 10위'에는 못 올랐어요."

"하하하."

강미소가 웃음을 터뜨렸다.

도수가 눈매를 가늘게 좁혔다.

"강 선생도 웃을 때가 아닌 것 같은데."

"저 인기 많거든요?"

"그렇다고 칩시다."

"그런데요."

"……?"

"수술 들어가는데 너무 긴장감 없는 거 아녜요?"

"그럴 리가요."

도수는 고개를 저었다. 이런 이야기는 잠시라도 긴장감을 풀기 위한 목적으로 나누는 법이다. 물론 환자 목숨이 경각에 달린 수술을 앞두고는 절대 이런 농담을 주고받지 못한다. 이번 역시 누가 보면 목숨이 위태로운 환자들이었지만.

도수의 생각은 달랐다.

"전부 살릴 겁니다."

충분히 살릴 수 있다.

그렇게 다짐하는 순간 눈빛이 달라졌다.

강미소는 그 차가운 눈빛을 믿었다.

심연 깊은 곳에 이글거리고 있는 누구보다 뜨거운 열정을 보아왔기 때문이다.

드르륵.

엘리베이터 문이 열리고.

도수와 강미소가 완전히 달라진 분위기로 수술실 앞에 섰다.

도수는 '후우' 숨을 들이쉬곤 안으로 진입했다. 언제나 같은 환경을 유지하는 수술실이지만 매번 느낌이 달랐다. 긴장감이 전신을 휘감으며 체내에 존재하는 모든 신경이 곤두섰다.

'살린다.'

물론 인명은 제천이다.

그가 할 수 있는 것은 예나 지금이나 최선을 다하는 것뿐.

그러나 언제부턴가 판단이 서고 있었다.

감히 환자의 생사 여부를 속단할 수 없음을 잘 알고 있는데도, 투시력과 수도 없이 반복되는 수술로 쌓인 경험이 어떤 상황도 넘어설 수 있는 기지를 선물해 주었다.

샤아아아아아아아아.

환자 곁에 붙어 선 도수가 투시력을 쓰며 손을 내밀었다.

삑. 삑. 삑. 삑.

환자의 심장박동과 더불어 도수의 심장이 뛰었다. 환자 몸속에 뻗어 있는 혈관, 신경, 장기의 모든 조직들이 한눈에 들어오고 있었다. 그 모든 정보와 감각이 동화된 순간.

도수가 손을 뻗었다.

"메스."

어떤 변수가 기다리고 있을지 모르지만 두려움은 없었다.

그는 이 순간에 완전히 몰입했다.

천 번, 만 번 수술을 하고 수많은 환자를 봐도 결국 의사한테 환자는 한 명뿐.

지금 내 눈앞에 누워 있는 환자뿐이다.

의사의 칼끝에, 그 환자의 가족과 생명과 미래가 달려 있었
다.

도수는 그 책임감이 예리하게 빚어낸 날 끝을 주시하며 메스
를 내리그었다.

지이익.

피가 흐르고.

다시, 수술이 시작됐다.

『레저렉션』 完.

이제부터 전자책은

이젠북

www.ezenbook.co.kr

새로운 세계가 열린다!

김재한『성운을 먹는 자』	철백『대무사』
니콜로『마왕의 게임』	가프『궁극의 쉐프』
이경영『그라니트:용들의 땅』	문용신『절대호위』
탁목조『일곱 번째 달의 무르무르』	천지무천『변혁 1990』
강성곤『메이저리거』	SOKIN『코더 이용호』

이름만 들어도 황홀할 정도의 별들의 향연!
이들의 "유료연재"가 시작됩니다!

초대형 24시 만화방

신간 100%, 샤워실, 흡연실, 수면실(침대석), 커플석, 세탁기 완비

▪ 광명 광명사거리역점 ▪

경기도 광명시 오리로 986 광명사거리역 6번 출구 앞 5층
02) 2625-9940 (솔목타워 5층)

▪ 강북 노원역점 ▪

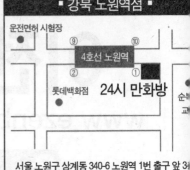

서울 노원구 상계동 340-6 노원역 1번 출구 앞 3층
02) 951-8324 (화용빌딩 3층)

▪ 일산 정발산역점 ▪

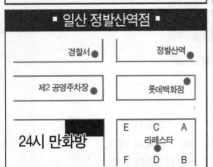

라페스타 E동 건너편 먹자골목 내 객잔건물 5층
031) 914-1957

▪ 일산 화정역점 ▪

경기도 고양시 덕양구 화정동 984번지 서일빌딩
031) 979-4874 (서일사우나 건물 7층)

▪ 부천 역곡역점 ▪

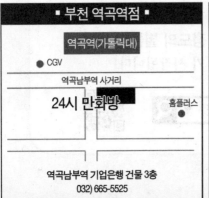

역곡남부역 기업은행 건물 3층
032) 665-5525

▪ 부평역점 ▪

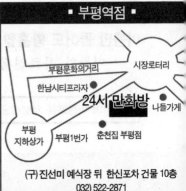

(구) 진선미 예식장 뒤 한신포차 건물 10층
032) 522-2871